우리고전 100선 23

바리데기

우리고전 100선 23

바리데기

...

2019년 6월 28일   초판 1쇄 발행

...

역주	이경하
기획	박희병
펴낸이	한철희
펴낸곳	돌베개
편집	이경아
디자인	이은정 · 이연경
디자인기획	민진기디자인
표지그림	전갑배(일러스트레이터, 서울시립대학교 시각디자인대학원 교수)

....

등록	1979년 8월 25일 제406-2003-000018호
주소	(10881) 경기도 파주시 회동길 77-20 (문발동)
전화	(031) 955-5020
팩스	(031) 955-5050
홈페이지	www.dolbegae.co.kr
전자우편	book@dolbegae.co.kr

...

ⓒ 이경하, 2019

...

ISBN 978-89-7199-968-4 04810
ISBN 978-89-7199-250-0 (세트)

우리고전 100선 23

바리데기

김석출 구연·이경하 역주

돌베개

지금 세계화의 파도가 높다. 현재 진행되고 있는 세계화는 비단 '자본'의 문제이기만 한 것이 아니라, '문화'와 '정신'의 문제이기도 하다. 그 점에서, 세계화에 어떻게 대응할 것인가 하는 것은 우리의 생존이 걸린 사활적(死活的) 문제인 것이다. 이 총서는 이런 위기의식에서 기획되었으니, 세계화에 대한 문화적 방면에서의 주체적 대응이랄 수 있다.

생태학적으로 생물다양성의 옹호가 정당한 것처럼, 문화다양성의 옹호 역시 정당한 것이며 존중되지 않으면 안 된다. 그럼에도 세계화의 추세 속에서 문화다양성은 점점 벼랑 끝으로 내몰리고 있는 것처럼 보인다. 하지만 문화적 다양성 없이 우리가 온전하고 행복한 삶을 살 수 있겠는가. 동아시아인, 그리고 한국인으로서의 문화적 정체성은 인권(人權), 즉 인간 권리의 문제이기도 하기 때문이다. 그래서 우리 고전에 대한 새로운 조명과 관심의 확대가 절실히 요망된다.

우리 고전이란 무엇을 말함인가. 그것은 비단 문학만이 아니라 역사와 철학, 예술과 사상을 두루 망라한다. 그러므로 일반적으로 알려져 있는 것보다 훨씬 광대하고, 포괄적이며, 문제적이다.

하지만, 고전이란 건 따분하고 재미없지 않은가? 이런 생각의 상당 부분은 편견일 수 있다. 그리고 이런 편견의 형성에는 고전을 연구하는 사람들에게 큰 책임이 있다. 시대적 요구에 귀 기울이지 않은 채 딱딱하고 난삽한 고전 텍스트를 재생산해 왔으니까. 이런 점을 자성하면서 이 총서는 다음의 두 가지 점에 특히 유의하고자한다. 하나는, 권위주의적이고 고지식한 고전의 이미지를 탈피하는것. 둘은, 시대적 요구를 고려한다는 그럴듯한 명분을 내세워 상업주의에 영합한 값싼 엉터리 고전책을 만들지 않도록 하는 것. 요컨대, 세계 시민의 일원인 21세기 한국인이 부담감 없이 '쉽게' 접근할 수 있는, 그러면서도 품격과 아름다움과 깊이를 갖춘 우리 고전을 만드는 게 이 총서가 추구하는 기본 방향이다. 이를 위해 이 총서는, 내용적으로든 형식적으로든, 기존의 어떤 책들과도 구별되는여러 모색을 시도하고 있다. 그리하여 고등학생 이상이면 읽고 이해할 수 있도록 번역에 각별히 신경을 쓰고, 작품에 간단한 해설을붙이기도 하는 등, 독자의 이해를 돕고자 하였다.

특히 이 총서는 좋은 선집(選集)을 만드는 데 큰 힘을 쏟고자한다. 고전의 현대화는 결국 빼어난 선집을 엮는 일이 관건이자 종착점이기 때문이다. 이 총서는 지난 20세기에 마련된 한국 고전의레퍼토리를 답습하지 않고, 21세기적 전망에서 한국의 고전을 새롭게 재구축하는 작업을 시도할 것이다. 실로 많은 난관이 예상된다. 하지만 최선을 다해 앞으로 나아가고자 한다. 그리하여 비록좀 느리더라도 최소한의 품격과 질적 수준을 '끝까지' 유지하고자한다. 편달과 성원을 기대한다.

박희병

이 책은 '바리공주' 또는 '바리데기'라는 제목으로 알려진 서사무가 「바리데기」를 현대어로 바꾼 책이다. 서울과 동해안 지역의 것이 대표적인데, 여기서는 동해안의 1편을 선정하여 무속 용어와 방언에 대해 주석하고, 가독성을 높이기 위해 표준어로 옮겼다. 분위기를 살리기 위해 원문대로 고어를 사용한 곳도 간혹 있다. 책 말미에 해설을 수록해 이 텍스트의 다층적 면모를 드러내고자 했다.

「바리데기」는 제주도를 제외한 한반도 전역에서 전승되는 무가이다. 서사무가가 꽤 많은데 그 가운데 '바리공주/바리데기'는 지금은 '한국 신화의 정수'로 평가되고 있다. 「바리데기」의 내용은 전승 지역에 따라 차이가 있다. 일반적으로 알려진 「바리데기」의 줄거리는 서울과 동해안 두 지역의 각편들을 기준으로 한 것이다. 서사의 강조점과 세부적인 장면 묘사는 지역과 각편에 따라 편차가 있다.

「바리데기」 텍스트는 여러 가지 제목으로 채록되었다. 20세기 말에 학계와 예술계에서 「바리데기」 텍스트가 유명해진 뒤로는 '바리공주'와 '바리데기' 두 가지 명칭이 널리 통용되고 있다. 대부분 여주인공의 부모는 국왕 부부로 설정된 경우가 많은데, 동해안 지역에서는 흔히 오구대왕과 길대부인으로 명명된다. 공간 배경은 '불라국'이다.

「바리데기」 여주인공의 이름이 대체로 서울 지역에서는 바리공주, 동해안 지역에서는 바리데기로 나타나는데, '~공주'와 '~데기'라는 명명에서 풍기는 미묘한 차이는 이 신화의 인물과 서사의 방향에서도 확인된다. 신성성이 부각된 서울 지역의 텍스트가 무조신 혹은 저승신이 되는 바리공주를 통해 죽음에 대한 문제의식을 풀어 간다면, 문학성이 확대된 동해안 지역의 텍스트는 버려진 딸 바리데기를 통해 가부장적 사회에서 소외된 여성의 존재에 대한 문제의식에 집중하고 있다. 이 책은 동해안의 「바리데기」를 대상으로 했다.

문학성이 확대된 동해안 지역의 저본으로는 1976년 경북 영일(현재 포항)에서 김석출(남, 당시 55세) 무당이 구연한 「베리데기굿」을 선택했다. 총 1507행의 장편으로, 말과 창의 구분이 있는데, 이 책에서는 말과 창의 구분을 없애고 행 배열도 다시 했다. 이 책은 대중용이고 원문에 더 충실한 전공자용 책은 따로 있다. 그렇다고 이 책이 원문을 함부로 각색하지는 않았다. 구술을 문자로 옮긴 것이라 한계가 있다. 구술 문화와 문자 문화는 엄연히 다르기 때문이다.

이 책을 준비하던 중 많이 아팠다. 혼자서는 아무 것도 못할 만큼. 지금은 간신히 아주 느리게 몇 손가락으로 글을 쓴다. 그래서 책 출간이 더 늦어졌다. 여성에 장애인, 어디까지 소수인이 되어야 하는 건지 억장이 무너진다. 혼자 힘으로는 죽지도 못한다는 어느 장애인의 말에 가슴을 쳤다. 소수자라 하지만, 나는 성소수자도 아니고, 장애도 하나가 아니다. 선천적 장애인이 아니며, 매일 육체적 고통에 시달리지도 않는다. 마무리 작업에 도움을 준 남편과 후배 이소윤 선생, 그리고 출판사 측에 감사한다.

2019년 6월
이경하

차례

바리데기

하나, 옛날 옛적 불라국에

옛날 옛적에 간날 갓적에1_ 아승기 전세 겁에2_
천지개벽의 시절에 우리 인간 세상에
사람이 죽어 귀신 되고 귀신 죽어 영신3_ 되어
영신 죽어 홍신4_ 되면 수사자5_가 되느니라.
이 오귀는 누구인가.
옛날 옛적에 불라국6_에
오구대왕님과 길대부인, 양주(兩主) 부처(夫妻)가 살았는데
그 어른들이 오귀를 모셨고
길대영감님이 석가여래 불도를 마련하여
우리 대한 삼국을 건너와서 불도를 마련했는데
우리 인간 세상에 살았을 때
모두 세상 소작 세를 내고

1_ 옛날 옛적에 간날 갓적에: '간날'은 '갓날'로 표기하는 경우가 더 많은데, '갓나다'에서 유래
  하여 '이 세상에 갓 생겨나던 오래 전'이란 뜻으로 볼 수 있다. '갓적'은 '옛적'에 운을 맞춘
  것으로 보인다.
2_ 아승기 전세 겁에: '헤아릴 수 없이 오래 전'이란 뜻. 동해안 무가나 민요에 '아장지 설법시
  래'와 같은 비슷한 표현이 등장한다. 『월인천강지곡』에 나오는 '아승기 전세 겁에'란 표현이
  구전되면서 나타난 와음으로 추정된다. '아승기'는 헤아릴 수 없이 큰 수, '겁'은 우주가 생
  겨나서 사라질 때까지의 시간, 즉 무한히 긴 시간을 뜻하는 불교 용어.
3_ 영신(靈神): 영검이 있는 신. 방언에서는 무당을 뜻하기도 한다.
4_ 홍신(紅神): 제일 무서운 악귀.
5_ 수사자(首死者): 저승사자 중의 우두머리.
6_ 불라국: 오구대왕이 다스리는 나라 이름.

사람이 운명하면 왕생극락을 바로 가는데

금·목·수·토·화 오행 만물은 인간의 근본인데

모든 세상이 어디에 생겨났는가 하면

인간 만사 근본은 오행에 있으니.

나무로 지은 집은 나무를 안 나르며

돌로 지은 집에 돌인들 안 나르며

쇠가 드는 집에 쇠는 안 나를까요.

또 흙으로 지은 집을 만지게 되니7_

거기다가 사람의 허욕과 간심(奸心)이 없으면

다 부처되고 성인군자 되지만

우리가 먹고 입고 살기 위해서는

오행 만물을 다처지고 만치니 근터란이 되아닐까.8_

그 재상9_을 인하여 허욕 탐심을 저버리지 못하니

우리가 모두 살다가 죽으면 염라국에 들어가며

무간지옥에 가니,

제일에는 도산지옥에 가고

제이의 화탕지옥에 가고

한빙지옥을 가고 검수지옥을 가고

다섯째에는 발설지옥을 가고

여섯째에는 독사지옥에 들어가고

7_ 모든 세상이~만지게 되니: 자세한 뜻은 미상이나 문맥을 고려하여 행의 위치와 단어를 일
    부 수정하였다.
8_ 오행 만물을~근터란이 되아닐까: 미상. '오행 만물을 다치게 하고 만지니 근거나 구실이
    안 될까?' 정도의 의미인 듯하다.
9_ 재상(災祥): 재앙과 상서.

거해지옥에 가고

철상지옥에 가고

팔만사천 무간지옥을 못 면하고 다 들어가게 되니

인생살이 생각하면 무참하기도 일쑤로다.

그 말 다 버리고,

옛날 옛적에 불라국이라는 나라가 있었는데

그 나라에 임금은 불라국 오귀대왕님이신데

오귀대왕님이 오귀라 하는 것은

'그를 오(誤)' 자 '귀신 귀(鬼)' 자

그릇 죽어 된 귀신은 오귀를 하여[10] 왕생극락 보냈는데

불라국 오구대왕님이 오귀를 마련하셨는데,

오귀대왕님이 삼십 세 등극하고

길대부인이 이십칠 세 양주가 되어

혼서예장[11] 마련하여 일국 왕이 되어 세상만사 부러울 게
　　　없이 되었는데,

하루 가고 이틀 가고 날 가고 달이 가고 해가 지니까

한 해 가고 그럭저럭 세월이 흘러

두세 근년이 지나가도 일점혈육이 전혀 없네.

10_ 오귀를 하여: 오구굿을 한다는 뜻.

11_ 혼서예장(婚書禮狀): 혼서.

이 장은 도입 부분으로 대왕 부부의 혼인이 주요 사건이다. 오행 운운하는 부분은 다른 각편*에는 잘 없는, 일반적이지 않은 도입부다.

바리데기 신화에는 모두 지옥 이야기가 나오는데, 이 구연본에는 도입 부분에 지옥 이야기가 상세하다. 일반적으로 지옥은 칼날을 산같이 꽂아 둔 도산지옥, 펄펄 끓는 기름 가마의 화탕지옥, 차가운 얼음의 한빙지옥, 잎이 칼로 된 나무 숲속에서 온몸이 찔리는 고통을 당하는 검수지옥, 혀를 뽑는 발설지옥, 독사들이 그득한 독사지옥, 맷돌로 갈아 죽이는 좌마지옥, 송곳으로 찔러 죽이는 추해지옥, 쇠로 만든 감옥에 가두는 철상지옥, 캄캄한 암흑지옥이라고 이해되지만, 구연에 따라 조금씩 다르다. '무간지옥'(無間地獄)은 불교에서 말하는 여러 지옥 중 고통이 가장 극심한 지옥으로 아비지옥이라고도 한다. 팔열지옥의 하나로서, 무간이라고 한 것은 그곳에서 받는 고통이 간극이 없이 계속되기 때문이다. 팔만사천(八萬四千)이라 한 것은 불교에서 헤아릴 수 없이 많은 수를 아승기(Asemkiya), 갠지즈 강의 모래 수, 무량수, 또는 팔만사천으로 표현하는 탓이다.

바리데기는 지옥에 빠진 영혼을 구제하는 일을 한다는 점에서 지장보살을 많이 닮았는데, 그래서 그런지 이 서사에는 지장보살이 자주 등장한다. 바리데기는 지옥에 가기 전에 흔히 석가 등에게 '낭화'를 받는다. 낭화가 무엇인지는 확실하지 않지만, 불교에서 지장보살이 연꽃과 보주(寶珠)를 든 모습 또는 지옥문을 깨뜨린다는 석장(錫杖)과 어둠을 밝힌다는 여의주를 갖고 있는 모습으로 흔히 묘사되는 점을 고려하면, 낭화 역시 꽃을 의미하거나 지옥의 어둠을 밝히는 횃불과 같은 것으로 볼 수 있다. '낭화 세 가지'라고 표현한 곳도 있어 꽃을 뜻하는 것으로 추정된다. '라화'로 표현한 곳도 있는데, 나화(羅花)란 굿에서 쓰는 비단으로 만든 조화를 말한다.

서사의 배경은 불라국, 바리데기의 부모는 흔히 오구대왕과 길대부인으로 설정된다. 한국 신화에서 주인공 부모의 혼인이 도입부에 나오는 것은 흔하다. 어떤 각편에서는 바리데기의 부모가 혼인하는 해를 점괘대로 하지 않아 아들을 낳지 못한 것으로 설정되어 있다. 서울 지역에서는 국왕이 '금년은 불길하니 혼인하면 공주만 일곱을 낳는다'는 문복(問卜)의 결과를 무시하고 혼인하며, 결국 신의 금지를 위반한 대가를 치르는 것으로 설정되는데, 동해안 지역에서는 그러한 문복이 초두에 설정되지 않는다는 차이가 있다.

● 각편: 구비문학에서는 '버전'이 아닌 '각편'이란 단어를 쓴다. 또한 '저자'가 아니라 '구연자'다. 아무개가 언제 어디에서 구연한 '구연본'이 있을 뿐이다. 각편은 사전에 등재된 단어는 아니지만, 구연자 개개인의 각 상황별 지칭이란 점에서 더 적합한 말이다.

둘, 딸만 여섯

그 길로 십여 년이 지나가도 일점혈육이 전혀 없네.
또 십 년이 지나가니 사십에 태기가 있어
한 달 두 달 피를 모아 석 달에 입맛 고쳐
다섯 달에 반령 말아[1] 일곱 칠삭 말아 여덟 아홉 달 말아
열 달을 볏을 내어[2] 탄생하니[3] 선녀 옥녀 딸이로구나.
양주 의논하대 "첫딸은 살림 밑천이라서 매우 좋다."
그 딸을 고이 길러 또 태기가 있어서
열 달 볏을 내어 순산하게 되니 또 옥녀 같은 딸이로구나.
그 딸 고이 길러 내어 또 태기 있어서
열 달 볏을 내어 노니 딸이라.
셋째 딸까지는 거리낌이 없어
그 딸 고이 길러 내어 유모 정해 놓고
그럭저럭 딸을 셋이나 낳는데,
이제나저제나 태자를 순산하여
이 옥사[4]를 맡기고 봉제사(奉祭祀)를 맡겨야 됐는데

1_ 반령 말아: '절반이 되었다'는 뜻. 일곱 달, 아홉 달이 되었다고 할 때도 '~말아'로 표현했
　 는데 정확한 뜻은 알 수 없다. 무가에서 흔히 '반점 받아'라고도 표현한다.
2_ 열 달을 볏을 내어: 임신한 지 열 달 된 것을 무속에서는 종종 '열 달 볏을 내다' 또는 '열
　 달 산전 받는다'고 표현한다.
3_ 탄생하니: '낳다' 대신 '탄생하다'를 자주 쓴다.
4_ 옥사(獄司): 예전에 감옥의 일을 맡아보던 벼슬아치. 옥사를 맡긴다는 것은 나라를 다스리
　 는 일을 맡긴다는 뜻이다.

길대부인과 오구대왕님이 수심이 있는지라.

그 딸네를 고이 길러 놓고

또 태기 있어 순산하니 또 딸을 낳았네.

그럭저럭 딸을 몇이나 낳았나.

여섯째까지 딸을 낳으니

이제 나이가 오십이 가까워지니 남아 앞으로 낳을 희망이 영
　　　없고

오구대왕 길대부인이 일곱째 왕자를 기다리는데,

세상만사 필요한 게 없지만, 재산은 마음대로 하지만,

자식은 마음과 뜻대로 못 하나니라.

이 장은 오구대왕과 길대부인이 딸만 여섯 내리 두었음을 이야
기하는 단락이다.

　서울 지역을 대표하는 가장 오래된 배경재 구연본에서는
첫째부터 여섯째까지 공주의 탄생 단락이 지루할 만큼 동일하
게 모두 구연되었다. 같은 서울 지역이나 더 후대인 문덕순 구연
본에서는 첫째 공주와 둘째 공주의 탄생을 자세히 구연한 후에,
네 공주의 탄생 단락을 생략하고 막내인 일곱째 공주의 탄생으
로 넘어간다. 동해안 지역의 이 김석출 구연본에서는 첫째에서
바리데기 전, 여섯째까지 간단히 넘어가고, 바리데기의 탄생을
자세하게 구연한다.

아들을 기다리는 마음은 전통사회에서 더 심했다. 왕자를 낳아야 '옥사와 봉제사를 맡긴다'는 표현이 나온다. 옥사를 맡긴다는 것은 왕위를 물려준다는 뜻이고, 봉제사를 맡긴다는 것은 대를 잇게 한다는 말이다. 그러니 딸만 내리 여섯을 둔 대왕 부부의 근심이 깊을 수밖에 없다.

"다섯 달 반령 말아"에서 '반령 말아' 또는 '반짐 받다'의 정확한 뜻은 알 수 없지만, 임신한 열 달 가운데 절반이 되었다는 뜻으로 추정된다. 다른 각편에서 '반짐 되어' 또는 '반짐 걸어'라고 구연된다. 음력 정초 지신밟기에서 부르는 지신풀이 가운데 "이 동네 가가호호, 나갈 때는 반짐 지고 돌아올 때는 온짐 지고, 부귀영화 안과태평 점지하여 주옵소서"라는 구절이 있는데, 여기서 '반짐'은 '온짐'에 대비되는 말이다.

셋, 바리데기의 탄생

그때에 하루는 오구대왕님이
걱정을 하고 남모르는 수심기가 많아
국사 일은 고사하고,
'태자가 없어 후손이 이리 끊어지면
옥사를 누구에게 전해 주며
선현(先賢) 봉제사를 누구에게다 맡기나?'
남모르는 걱정을 태산같이 하고 있는데
하루는 길대부인이 열두 대문 밖을 맘에 수심이 가득한 채
중문을 열고 나와서
꽃밭에 물도 주고 화초밭에 이 꽃 저 꽃 만져 가며
바람을 쐬려고 나와 있는데,
솟을대문 밖에 난데없는 유도 법도 소리¹⁻가 나는구나.
귀담아 반가이 듣고 솟을대문 열고 바라보니
어떠한 도사 스님이 와서 광쇠²⁻를 콰광쾅 쥐며
인도 소리³⁻를 짓더니만
"나무아미타불 관세음보살 시주 왔습니다."
세대⁴⁻ 삿갓 세게 쥐고 두 손 합장하여 염불을 모시는데,

1_ 유도 법도 소리: 스님이 목탁 치고 염불 외는 소리.
2_ 광쇠: 염불할 때 북과 함께 치는 꽹과리 같은 쇠.
3_ 인도 소리(印度—): 범패(梵唄). 석가여래의 공덕을 찬미하는 노래. 또는 불경 읽는 소리.
4_ 세대(細—): 가늘게 쪼갠 대오리.

길대부인이 염불소리 반가이 듣고

솟을대문 밖을 썩 나서니

"저 스님 염불을 봅시다."

길대부인의 아름다운 얼굴을 바라보더니마는

염불소리 그친 후에

"귀빈 마마님은 어떤 자궁을 하여5_

그렇게 수심기가 가득합니까?"

길대부인 깜짝 놀라 '이 대문 밖에는

까막까치도 못 오는 곳에 어떤 인적기6_가 있으며

난데없는 스님이 와서 시주 달라 하여,

쌀이며 돈이며 복록(福祿)이며

얼마라도 시주는 전할 수가 있는데,

아마도 열두 대문을

이렇게 지나오는 스님은 보통 스님이 아니로구나' 짐작하고

"앞문에 옥단춘7_아, 뒷문에 매상금아,

스님이 시주를 달라고 왔으니

안에 들어가서 백미 한 말 떠 갖고 나오너라."

옥단춘이 영을 듣고 안에 들어가서

백미 한 말 병에 정케8_ 떠 갖고 나오니

5_ 어떤 자궁을 하여: 문맥상 '어떤 자식을 두어서'의 뜻으로 추정된다. 자궁(子宮)이란 자손에
  관한 운수를 점치는 별자리.

6_ 인적기(人跡氣): 인기척.

7_ 옥단춘: 인명. 김석출 구연본에 '옥장춘' '옥단춘' '옥당춘' 등으로 나온다. 고전소설에도 나
  오는 이름인 '옥단춘'으로 통일한다.

스님이 이 백미를 병째로 받아 바랑에 넣더니 하는 말,

"귀빈 마마님, 자식 때문에 수심기가 많으니

명산대천을 찾아가서 공을 들이시면 태자를 보리다.

큰 절을 찾아가, 명산 절에 찾아 올라가

백일 불공을 지극히 드리시면 태자를 보리다."

이 말 하더니마는 온데간데없이 바람결에 사라지는 것이니

길대부인이 깜짝 놀라

"틀림없는 도사승(道士僧)이로구나."

도사승이 하시는 그 말을 황급히 듣고 내궁에 들어가서

그날부터 금붙이 같은 부정(不淨)을 정케 가리어

정화수 물 떠다 놓고 두 손 받들어 빈 후에

그날부터 온갖 공을 들일 준비를 하는구나.

온갖 음식 각기 차리고 향로 향대 불 밝히고

촛대 한 쌍 벌여 놓고

명산대천 산신당 허위허위 올라가서 백일 불공

미륵님 찾아 허위허위 다니며 온갖 공을 다 들이고

집에 내려와 있는 날도 한시반시9_ 놀지 않고

성주10_ 군웅11_ 팔만사천 조왕12_님과

8_ 정케(淨─): 정(淨)하게. 조심스럽게 다루어 깨끗하고 온전하게.

9_ 한시반시(一時半時): 아주 짧은 시간.

10_ 성주: 성조신(成造神). 가택신 가운데 신의 하나로 대들보 위에 모셔진다.

11_ 군웅: 군웅신(軍雄神). 가택신 가운데 하나인 무신(武神)으로, 외부로부터 들어오는 액을 막아 주는 신.

12_ 조왕: 조왕신(竈王神). 가택신 가운데 큰 신의 하나로 부엌에 모신다.

열대조부13- 조상님 삼한세존님14- 전에 백일 불공 드리고 나니

공든 탑이 무너지며 심던 나무 꺾어질까요.15-

갑자 사월 초파일16- 자야 밤중에17- 꿈 하나를 얻는데

길대부인 비몽사몽간에

초경에 잠이 들어 이경에 꿈을 꾸니18- 득몽(得夢)하는데

천상에서 운무(雲霧)가 자옥하고 일곱 가지 구름발19-과

일곱 가지 무지갯발20- 서기반공21-하더니

천상에서 어떠한 선녀가 학을 타고

구름 속을 내려오는데

귀에 거는 월경매22-

입에 부는 반하옥23-

손에 끼는 옥지환(玉指環)

13_ 열대조부(列代祖父): 대대 선조를 가리킨다.

14_ 삼한세존님: 세존굿에서 언급되는 존재. '세존굿'은 동해안 지역에서 세습무들이 하는 굿의 제차 중 하나로 세존을 모시는 굿. 세존은 생산과 복을 관장하는 남신을 가리키고, 여신은 흔히 당금애기라고 불린다.

15_ 공든 탑이~나무 꺾어질까요: 판소리 「심청가」에도 동일한 대목이 있다. "공든 탑이 무너지며, 심든 낭기 꺽어지랴." 「심청가」에서도 이 뒤에 선녀가 나타나는 태몽을 꾸는 대목이 이어진다.

16_ 갑자 사월 초파일: 「심청전」에서 곽씨부인이 태몽을 꾸던 날도 '갑자 사월 초파일'이다.

17_ 자야 밤중에: 한밤중에. 김석출 구연본에 자주 나오는 일종의 공식구. '자야'(子夜)는 밤 11시부터 오전 1시까지인 자시(子時) 무렵의 한밤중.

18_ 초경에 잠이~꿈을 꾸니: 저녁 7시에서 9시 사이에 잠이 들고, 9시와 11시 사이에 꿈을 꿈.

19_ 구름발: 길게 퍼져 있거나 벋어 있는 구름의 덩어리.

20_ 무지갯발: 무지개의 빛이 여러 가닥으로 뻗친 줄기.

21_ 서기반공: 서기는 '瑞氣'. 반공은 '半空' 또는 '蟠空'. 상서로운 기운이 공중에 서리다, 공기 중에 빙 감아 돈다는 뜻.

22_ 월경매: 달 모양의 귀걸이.

23_ 반하옥: 옥적(玉笛)을 가리키는 듯하다. 옥피리.

은조롱 놋조롱[24]- 고름치레[25]- 조롱조롱 달아 입고

양손에 계화가지[26]- 들고 아장아장 걸어오더니

길대부인 앞에 읍을 하여 재배하고 아른히[27]- 여쭈되

"소녀는 서왕모[28]-의 딸이러니

동방삭[29]-을 잠시 만나 계수나무 밑에서 잠시 수작하옵다가

옥황상제님 전 득죄하고 인간 세상으로 내치거늘

갈 바를 모르다가 노고산[30]- 후토부인[31]- 제불보살[32]- 미륵님이

귀댁을 지시하여 이제 찾아왔나이다.

어여삐 여기소서."

길대부인 품에 냉큼 안기거늘

깜짝 놀라 깨니 남가일몽[33]- 꿈이로구나.

길대부인이 대몽[34]-인 줄 짐작하고

24_ 은조롱 놋조롱: 은과 놋으로 만든 조롱. '조롱'은 어린아이들이 액막이로 주머니 끈이나 옷끈에 차는 물건.

25_ 고름치레: '치레'는 모양을 낸다는 뜻. '고름치레'는 고름으로 모양을 낸다는 뜻.

26_ 계화가지: 계수나무 꽃가지.

27_ 아른히: 무엇이 희미하게 보이는 듯 마는 듯하게.

28_ 서왕모(西王母): 중국의 신화, 전설 등에 등장하는 여신으로 민중의 신앙을 받는 대상.

29_ 동방삭(東方朔): 중국 전한(前漢)의 문인. 서왕모의 복숭아를 훔쳐 먹고 장수했다 하여 '삼천갑자 동방삭'이라 부른다.

30_ 노고산(老姑山): 옛날에는 한양 서쪽 끝에 있는 산이라 하여 한미산이라 했는데 잘못 전해져 '할미산'으로 불리다가 한자어로 바뀌어 노고산이 됐다고 한다.

31_ 후토부인(后土夫人): 토지를 맡아 다스린다는 여신. 고전 소설 「삼한습유」와 「숙향전」에도 나온다.

32_ 제불보살: '모든 부처와 보살'이란 뜻.

33_ 남가일몽(南柯一夢): 중국 당나라의 순우분이란 사람이 술에 취하여 홰나무 아래에서 잠이 들어 한바탕 부귀영화를 누리는 꿈을 꾸었다는 고사에서 비롯한 말.

34_ 대몽(大夢): 크게 좋은 일이 생길 징조로 보이는 길한 꿈.

날이 후딱 밝아져서

대왕님마마 전에 서신을 보내는구나.

서신을 자필로 기록하여 몸종을 불러서

대왕님 전에 상서(上書)하였더니

대왕님이 이 서신을 받아 견문하시고 회답을 보내는구나.

사령을 불러서 회답을 보내는데

"명일날 자시(子時)에 네 궁에 거동하리라."

회답을 보냈더니

길대부인 회답 반가이 받으시고

그 이튿날 자시를 기다리니

대왕님이 내궁에 거동하시거늘

그날 밤에 영감 할머니 다 같은 몽사를 얻었으니

틀림없이 태몽인 줄 짐작하고

비단요 비단이불 원앙침 잣베개35_ 영감 할머니 동침 구하여

그날 밤에 영감 할머니 한숨을 자고 났더니,

천상에서 돌보사, 사해용왕대신 일월성신님네

사방신장님네36_ 후토지신님네37_ 모두 하위38_ 동참하여

그날 밤 초경 이경에 태기 있어서

35_ 잣베개: 색색의 헝겊 조각을 조그맣게 고깔로 접어 돌려 가며 꿰매 붙여 마구리의 무늬가
　　잣 모양으로 되게 만든 베개.
36_ 사방신장님네: '사방신장'(四方神將)은 신병을 거느리고 사방을 맡은 장군신들.
37_ 후토지신님네: '후토지신'(后土之神)은 마을의 수호신인 지신 가운데 하나.
38_ 하위: 천상의 사해용왕대신과 일월성신에 대비하여, 사방신장과 후토지신 등은 하늘 아래
　　에 있다고 한 것.

한 달 두 달 피를 모아 두 달 석 달 인박 굳혀[39]

온갖 음식이 다 먹고 싶네.

밥에는 비린내 나고 장에는 날장내 나고 물에는 흙내 나고

뒷동산 복숭아 말말이[40] 섬섬이 먹고 싶네.

뒷동산 까실 복숭아[41]를 섬섬이 먹고 싶네.

그 달 다 보내고, 다섯 달 반짐 걸어 여섯 일곱 달이 되니

길대부인 거동 보소.

앞 남산은 불거지고[42] 뒷 남산은 낮아지네.[43]

이왕 몸이라도 뱃속에 임신되는 아기를 위하야

피할 거를 피하는데

'석부정부좌'[44]하고, 자리를 앉아도 '석부정부좌'하는 것은

방에 앉아도 방안에 한쪽 모퉁이에 앉지 않고

문 앞에도 안 앉고 한복판에 가 항상 앉고

'할부정불식'[45]하며 던져 주는 음식은 받아 자시지를 않고

39_ 인박 굳혀: 무가 사설에서 임신 초기를 묘사하는 대목에 '인박 굳다'는 표현이 종종 나온다. 입맛이 쓰고 거칠어진다는 뜻에서 '입맛이 굳다'의 와음으로 추정해 볼 수 있다. 또는 '인박'이 '임맥'(任脈)의 와음으로, 임맥이 굳는다는 것은 확실하게 임신이 되었다는 뜻으로 볼 수도 있다. '임맥'은 임신 출산과 관련된 모든 음경맥의 기능을 조절한다.

40_ 말말이: 한 말은 한 되의 열 배. 되, 섬, 말은 모두 부피를 나타내는 의존명사인데, '말말이'와 다음에 나오는 '섬섬이'는 양이 많음을 표현하기 위해 만든 말.

41_ 까실 복숭아: 산복숭아의 일종으로 텁텁한 맛과 동시에 새콤한 맛이 강하다.

42_ 앞 남산은 불거지고: '배가 (앞) 남산만 하다'는 속담과 같이, 임신부가 배가 부른 모습을 비유한 것.

43_ 뒷 남산은 낮아지네: 임신부는 배가 불러올수록 자연히 허리를 뒤로 젖히게 되는데, 그 모양을 비유한 것.

44_ 석부정부좌(席不正不坐): 자리가 바르지 않으면 앉지 않는다는 뜻. 태교를 위한 임부의 바른 행동거지.

45_ 할부정불식(割不正不食): 바르게 자른 것이 아니면 먹지 않는다는 뜻.

'이불청음성'[46]_하고

이복 간에 음성 소리 높이 내는 말을 듣지 않고

'목불시악색'[47]_하는 것은

못된 나쁜 부정한 건 안 보고

짐승을 밟아 죽이거나 못된 악한 일은 보지 않고 저지르지를
　　않아

그럭저럭 열 달을 고이 채우는데

하루는 해복(解腹) 기미가 있는가 보더라.

"아야 배야, 아야 허리야 다리야 팔이야."

시녀들을 불러서

"애들아, 꽃밭 시녀들아,

연당[48]_ 안의, 별당 안의 궁녀들아,

이리 가까이 오너라.

오늘은 내가 배도 몹시 아프고

온 전신만신이 부러지는 거 같고

다리도 몹시 저리고 팔다리도 왜 이처럼 아프냐.

전에 딸자식 낳을 때는

이렇지 않더니마는 이제 노산이 되니 이런가보다.

몹시도 아프고, 애들아, 팔다리 좀 만져라.

내 배도 좀 만져 봐라."

46_ 이불청음성(耳不聽淫聲): 귀에 음란한 소리가 들리지 않게 한다는 뜻.
47_ 목불시악색(目不視惡色): 눈에 나쁜 색을 보이지 않게 한다는 뜻.
48_ 연당(蓮堂): 연꽃을 구경하기 위하여 연못가에 지어 놓은 정자.

궁녀들이 팔다리 주무르고 배도 쓰다듬고
"대비마마님, 노산이 돼서
사방이 결리고 많이 아프겠습니다."
궁녀들이 사방에서 주무르고
그때 길대부인은
혼미 중에 붉은 구름 흰 구름 노란 구름 푸른 구름이
사방에 구름이 변동하더니마는
길대부인 내궁에 일곱 색으로
무지개 서기발[49]이 반공하더니
혼미 중에 탄생하니 선녀 옥녀 딸이로구나.

이 장에서는 바리데기의 탄생을 위한 백일 불공과 태몽, 입덧,
바리데기의 탄생을 다룬다.

　　백일 불공은 지금도 불가에 깊이 남아 있는 습속이다. '백
일'은 정성을 드린다는 뜻이다. 길대부인은 아들을 얻기 위해 백
일 불공을 드린다. 어느 날 문득 찾아온 스님의 충고에 따라, 온
갖 보살을 다 찾아다닌다는 것은 유명한 절의 여러 전각을 두
루 돌아다닌다는 말이다.

49_ 서기발: 상서로운 기운의 힘.

바리데기의 태몽은 "공든 탑이 무너지며, 심은 나무 꺾어지랴"나 "갑자 사월 초파일"과 같은 구절 외에도 완판 판소리 사설 「심청가」에서 곽씨부인의 태몽과 동일한 대목이 많다. 선녀가 나타나는 태몽을 꾸는 대목이나, 선녀가 어디서 왔는지 설명하는 부분, 두 내외가 같은 꿈을 꾸었다는 것까지 같다.

입덧과 임신 초기 증상에 대한 구연은 배경재 구연본의 경우 모든 공주에 대해 같은데, 같은 서울 지역인 문덕순 구연본과 크게 다르지 않다. 문덕순 구연본에서는 "잔뼈는 녹는 듯 굵은 뼈는 휘는 듯/원앙금침에 일어나기 싫도소이다/수라에 생쌀내 나고/장국에는 날장내 나고/어수에 해감내 나고/금광초에 풋내 나며/동창에 찬바람 싫으시다"라고 표현하고 있다. 동해안 지역의 김석출 구연본도 다르지 않다. "석부정부좌"(席不正不坐)나 "할부정불식"(割不正不食), "이불청음성"(耳不聽淫聲), "목불시악색"(目不視惡色) 등은 임부의 대표적인 태교 행위다. 전통 사회 대부분의 성인 여성이 공감할 내용이다.

넷, 아이를 버리다

길대부인은 혼미 중에 까무러치고
여러 궁녀들과 시녀들이 바라지[1]를 하는데
애기를 받아 누여 놓고 삼[2]을 갈라 보니
선녀 옥녀 딸이로구나.
그때 여러 시녀들이 깜짝 놀라 산모를 사방을 주물러서
졸도한 어른을 깨워 놓으니
"얘들아, 내가 혼미 중에 탄생하였으나
남녀 간에 무엇이냐?"
여러 시녀들이 대답을 못하고 고개를 숙이고 있구나.
"얘들아, 내가 묻는 말에 어이 답이 없느냐?"
조아리고 답한다 하는 말이
"또 공주님을 탄생했습니다."
길대부인 깜짝 놀라 "이것이 웬일이냐?
공 들여 낳은 자식이 딸이라니 사실이냐?
이것이 어쩐 일이오? 이 말이 진실이냐?"
거짓인 양 애기를 앞으로 당겨서
애기 덮은 두디기[3]를 들춰 보니

1_ 바라지: 음식이나 옷을 대어 주고 돌보아 주는 일.
2_ 삼: 태아를 싸고 있는 막과 태반.
3_ 두디기: 오늘날의 포대기.

틀림없는 칠공주를 탄생했구나.

그때 길대부인 거동 보소.

"에고 깜짝 내 일이야" 땅을 치고 서러이 운다.

"명산대천 공들여 낳은 자식, 딸이라니 서럽소이다.

만득의4_ 자식 요만큼만 달렸으면

너도 좋고 나도 좋을 텐데,

오구대왕님 전에 무엇이라고 아뢰오며

우리 영감 할머니 살다가 사후로 떠나가면

옥사를 누구에게 맡기며

영녕전5_ 일 년 선현 봉제사

밥 한 그릇 물 한 모금 뉘라서 떠 줄고나.

아이고 답답하다, 애달프고 설운지라."

그때 오구대왕님이 용상 자리에 앉아서 나졸들을 보내고

병조판서 한림학사를 모두 불러서 외궁에 바삐 전알6_하여

남녀 간에 태잔지 공준지 어서 바삐 아뢰라고 호령을 하니

나졸들 병조판서 한림학사들이 여럿이나

대신들이 정신을 못 차리고

산모보다도 더 파리하고 오구대왕님보다도

여러 대신들이 겁이 나고 더 파리해지는 모양이라.

4_ 만득의: '늦게 얻은'의 뜻.

5_ 영녕전(永寧殿): 종묘 안에 있는 사당으로, 조선 시대에 대가 끊긴 왕과 왕비의 신위를 모시던 곳.

6_ 전알(展謁): 궁궐, 종묘, 문묘, 능침 따위에 참배함을 뜻한다.

그때 나졸들이 사령들과 내궁에 들어와서

열두 대문 밖에 서서 아뢴다.

궁녀들 시녀들을 불러서 "대비마마 순산을 했느냐?"

"순산을 했다고 아뢰오."

"순산을 했으면 태자냐 공녀[7]냐?"

"칠공주가 탄생했다고 아뢰옵니다."

이 연유로 대왕님 전에 상소하였더니

오구대왕님이 용상에 앉았다가

칠공주를 탄생했단 말씀 듣고 깜짝 놀라

용상에 내려 앉아서 정신 몽롱하야

갑자기 정신 이상이 돼서

세상을 분별 못하고 앉았구나.

이때에 여러 신하들이 대왕님 정신 이상인 줄 알고

좋다는 의원들이 와서 침을 놓고 약을 쓰고

인삼 녹용에다가 여러 가지 귀한 약을 쓰고

침을 놔서 깨워 놓으니

오구대왕님이 하신 말씀이,

만유[8] 제신들이 다 둘러앉아 있으니까

"경들은 오늘 무슨 회의가 있었더냐?"

"예, 우리가 아무 회의도 없사옵고,

대왕님 위안차로 이렇게 모여 있삽나이다."

7_ 공녀(公女): 여기서는 '공주 따님'이란 뜻.

8_ 만유(萬有): 우주에 존재하는 모든 것.

대왕님이 짐작하고 입맛만 쭉쭉 다시고 계시는구나.

"경들은 각기 처소로 다 돌아가라."

이때에 누구 명령이라 거역하리오.

신하들 다 돌아간 후로

대왕님이 사방을 바라보며 짐작하시는데,

'우리 영감 할머니가 이 길로

인제는 우리 대비마마 나이가 오십이 넘었으니

앞으로는 더 탄생하지도 못하겠고

앞으로는 임신될 일도 없고

아주 이로써 마치게 되니 태자는 영영 마쳤구나.'

그때 곰곰이 생각하니

수심기가 꽉 가슴에 찼는데

이때에 대왕님이 나졸을 불러서 자서[9]를 보낸다.

"이번에 일곱째 낳은 칠공주는

울음소리도 듣기도 싫고 말 음성도 듣기도 싫고,

딸 여섯이 모두 울던 음성도 귀에 쟁쟁,

마음이 너무 복잡한데,

칠공주로 탄생한 딸은 내버려라."

명령을 하시니,

그때 길대부인이

대왕님 전의 그 서신을 받아 들고 낱낱이 읽어 보니

9_ 자서(自書): 자필로 쓴 글이란 뜻.

칠공주를 갖다 버리라 하였으니
누구 명이라 거역하며 누구 명령이라 어길쏘냐.
할 수 없고 할 수 없네.
그날 밤을 새우는데,
"얘들아, 궁녀들아, 이리 다 모여 오너라.
대왕님 분부 이러하시니
칠공주를 갖다 버릴 채비를 차리자."
귀둥이[10] 같은 칠공주를 부여잡고
"얘, 얘, 공주야, 내 딸 공주야,
딸자식이래도 낳을 때 섭섭하지
기를 때는 아들이고 딸이고 다 한가진데
열 손가락 물어 안 아픈 손이 어디 있나.
부모 마음은 다 열 자식 한 자식 같은데
얘들아, 시녀들아, 저 장롱 상 빼다지[11] 열고 보면
우리 일곱째 태자를 탄생하면 이른네 저고리[12] 입히려고
비단에다가 수를 놓아 장만해 놓은 그 옷 다 가져오너라.
칠공주 갖다 버리는 이 마당에 그 옷 놔두면 무엇 하리.
그 밑에 장롱에 중 빼다지 열고 보면
우리 태자를 낳으면 백일날에 입히려고
백공단[13] 저고리에다가 남공단[14] 바지를 장만해서

10_ 귀둥이: 특별히 귀염 받는 아이란 뜻.
11_ 상 빼다지: 빼다지는 서랍의 방언. '상 빼다지'는 윗 서랍.
12_ 이른네 저고리: 배냇저고리.

고이고이 꽃을 놓고 앞섶에 삼태성15_을 놓고

등쪽에는 북두칠성을 곱게 새기어

양팔에는 함박꽃을 놓고

연밥 구슬16_ 만들어 놓고

고름치레 조롱조롱 채우려고 마련해 둔 거,

우리 칠공주 갖다 버린 뒤에

뉘를 채우려고 두겠느냐.

어서 바삐 내오너라.

저 사랑방 장롱을 열고 보면

공단 두디기 마련해 놓은 것을

태자 없는 세상에, 공주 없는 세상에

뉘를 덮어 주며 뉘를 업고 기를까.

이리 다 내오고, 포대기 샅바를 곱게 장만해 놓은 것,

갖다 버리는 이 마당에 다 갖다 버리고 없애라."

그때 여러 궁녀들과 시녀들이 이 명을 듣고

차곡차곡 내어 보에다 싸 놓으니

북통17_같은 보에 한보따리 쌓여 놓네.

차차 촛불이 기울어지는구나.

얼마만큼 길대부인 울었든지 양 눈이 억장같이 부었구나.

13_ 백공단(白貢緞): 흰색으로 짠, 감이 두껍고 무늬가 없는 비단.

14_ 남공단(藍貢緞): 남색 공단.

15_ 삼태성(三台星): 큰곰자리에 있는 자미성을 지킨다는 별.

16_ 연밥 구슬: 연밥 모양의 구슬.

17_ 북통: 북의 몸이 되는 둥근 나무통.

길대부인 거동 보소.

그때 시간이 정녕 가고 보니

자시가 지나 축시[18]가 되니 닭이 꼭꼭 우는구나.

"닭아, 닭아, 울지 마라. 네가 울면 날이 샌다.

날이 새면 내 딸 공주 버릴 일을 생각하니

기가 막히어 앞이 캄캄하구나."

그때에 무정하게도 시간이 덧없이 자꾸 가니

동방화촉[19] 밝아지니 동산에 두둥실 해님이 떠오르니

인간이 많이 붐비지 않을 때 갖다 버리려고

"애들아, 궁녀들아, 우리 칠공주를 환송하자."

칠공주를 두디기에 싸서 시녀가 안고 앞서고

그 뒤에 길대부인은 뒤따랐네.

여러 방 시녀들이 앞뒤에 서고 그 뒤에 여러 나졸들이,

아무리 핏덩어리라도 공주를 갖다 버린다 하니

나졸들이 안 따를 수 있나.

앞뒤로 주렁주렁 늘어서서 공주를 갖다 버리려고,

이날에 어디다 갖다 버리면 좋을쏘냐.

마구간에다 갖다가 버리니,

"너는 인간 짓을 못하고 갖다 내버리라 하였으니,

마판[20]에 갖다가 말굽에 밟혀 죽든지" 하라고,

18_ 축시(丑時): 오전 한 시부터 세 시까지.
19_ 동방화촉(洞房華燭): 여기서는 침실의 촛불이란 뜻.
20_ 마판(馬板): 마소를 매어 두는 바깥 터.

마판에 두디기 싼 아이를 갖다 놓으니

저 말 짐승 거동 보소.

말이 천길만길 내리 뛰며 소리를 지르고 굽을 치며

눈에 불을 켜고 막 소리를 내리 지르고 꼬리를 치고 있구나.

할 수 없어서 그 애기를 도로 안고

소 마구간21_에 갖다가 던져 놓으니

소가 놀라서 천길만길 뛰고

소 눈에 불을 켜서 소리를 지르고

그때 길대부인이

"공녀야, 내 딸 공주야,

소 짐승도 너를 싫어하고 말 짐승도 너를 싫어하는 모양이다."

물에 갖다 넣으려고

시냇가에 수정같이 흐르는 물에 갖다 넣으니,

보자기 싼 아이를 던졌더니 시냇물도 굽이치고

애기 싼 포대기에 물도 한 방울 묻지도 않을 정도로

물에 떠서 가라앉지도 않는구나.

그래도 보기 싫어서 길대부인이

"할 수 없다. 도로 건져내라."

애기를 도로 건져내서

이제는 할 수 없으니 산을 넘고 들을 건너

저 깊은 산천에 갖다가 버릴 수밖에 없구나.

21_ 소 마구간(馬廐間): 본래 말을 기르는 곳을 뜻하지만, 방언에서는 '외양간'의 뜻으로도 쓰
인다.

새들이 이 말을 듣고 애기를 도로 건져 안아

산을 넘어 들을 지나 산천을 찾아 올라간다.

그때 산천을 올라가니

수목은 우거지고 방초22_는 휘늘어져

앞내 버들은 초록장 드리우고

뒷내 버들은 우륵장23_ 둘렀구나.

그때 길대부인이 그 산천을 한 고개 넘어가니

널따란 반석24_이 깔려 있고

그 산천 한쪽 모퉁이를 바라보니 옥석바위25_가 있고,

그 사이에는 굴 같은 바위가,

천연으로 생긴 굴이 하나 있구나.

칠공주를 그 자리 갖다 놓고

가랑잎을 이리저리 실어다가 위를 돌아 깔고

옥석바위 끝에 애기를 눕혀 놓고 돌아서려니

발이 안 떨어지고 길대부인이 방성통곡 우는구나.

"애야, 내 딸이야,

네가 금세상(今世上)에 나와 인연이 없었거늘

내가 금세상에 아들자식 없을 팔자인데

너 낳자 이일 만에 너를 이리 깊은 산중에 갖다 버리니

22_ 방초(芳草): 향기롭고 꽃다운 풀.
23_ 우륵장: 앞에 나온 '초록장'과 운을 맞춘 것.
24_ 반석(盤石): 넓고 평평한 큰 돌. 너럭바위.
25_ 옥석바위: 중국 전설에는 곤륜산 아래를 흐르는 단수와 옥석바위로부터 솟아오르는 물.
　　그리고 그 바위틈에 자라는 불로초는 영원한 생명을 주는 요소라고 하였다.

대왕님 분부가, 명령이 그러하시니 할 수 없다 할 수 없다.
너와 나는 이 시간부터는 이별이다.
내 딸이야, 내 딸이야,
좋은 가문이나 세상에 다시 태어나서
아들자식 되어 고이고이 자라나라, 내 딸이야.
고이고이 잠들어라."
끄덕끄덕 하니 울음소리 하나 없이 고이 잠들었네.

이 장은 길대부인의 실망과 오구대왕의 진노, 바리데기와 부모의 이별, 유기(遺棄) 부분이다.

길대부인은 그렇게 공을 들인 자식이 또 딸이란 말에 크게 실망한다. 낳을 때도 아들이라 유난히 아프다며 철석같이 믿었던 자식이 딸이라는 시녀들의 말에 통곡하고, 늦게 얻은 자식이 딸이란 사실에 서러워한다. 오구대왕도 크게 실망하여 잠시 정신이 나갈 정도가 된다. 대비의 나이가 오십이 넘어 앞으로 태자 낳을 가능성이 전혀 없다 여겨 더욱 수심에 가득 찬 오구대왕은 결국 딸의 울음소리도 듣기 싫다며 일곱째 공주를 내다 버리라 명령한다.

길대부인은 딸도 낳을 때 섭섭하지 기를 때는 마찬가지라고 푸념하면서도, 대왕의 명에 따라 바리데기를 내다 버릴 준비를 한다. 태자를 낳으면 입히려고 준비해 둔 배냇저고리, 백일에 입히기 위한 각종 비단 옷 등을 다 싸서 바리데기와 함께 버리려 한다. 문덕순 구연본에서는 대비가 바리데기를 자식 없는 신하에게 주거나, 버리는 자손에게 이름이나 지어 주라고 청하여 대왕이 "버려도 버릴 것이요/던져도 던질 것이니/'바리공주'라" 지으셨다고 했다. 배경재 구연본에서는 "발이다 발이덕이, 더지다 더지덕이"라 했다.

길대부인이 눈이 퉁퉁 붓게 울어도 닭은 울고 날이 샌다. 바리데기가 명색이 공주라 앞뒤로 나졸들이 늘어서서 갖다 버리러 길을 나선다. 어디에 버리나? 말이 있는 마구간에 바리데기를 싼 포대기를 갖다 놓으니 말이 놀라 이리 뛰고 저리 뛴다. 외양간에 갖다 놓으니 소도 뛰고 눈에 불을 켠다. 주몽신화에서 유화가 낳은 알을 마구간에 던지자 말이 오히려 알을 보호한 이야기와 비슷하다. 길대부인은 짐승들도 바리데기를 싫어한다고 여기고, 이번엔 물에 넣는데 바리데기를 싼 포대기에 물 한 방울 묻지 않는다. 깊은 산에 버려야겠다고 마음먹고 천연으로 생긴 굴 앞에 가랑잎을 깔아 놓고는 바리데기를 갖다 놓고 돌아서며 길대부인이 대성통곡을 한다. 서울 지역의 최고 현존본인 배경재 구연본에서는 "난데없는 금거북이 나와서 함장을 짊어지고/동해바다로 간 곳을 몰을너라/까막까치 날어들어, 한날개는 깔어주고/한날개는 덥허주고 밤이면은 안개 자욱하고/낮이면은 운무가 자욱허다"고 구연했다.

다섯, 버린 아이를 데려다 기르다

길대부인 거동 보소.
"애야 시녀들아,
나졸들도 앞서고 뒤서고 궁 안으로 돌아가자.
여기서 지체하면 대왕님이 혹시나 진노하실라."
거기서 한 발 끌고 두 발 끌고 세 발 끌고 돌아보고
또 한 발 떼고 되돌아보고,
두 발 끌고 눈물 띠고, 세 발 만에 한숨짓고,
보다가 돌아보니 난데없이 그 산천에 바위틈 속에서
소리를 벼락같이 지르고,
산천을 뒤흔드는 높은 한소리가 나더니
눈에 불을 척척 흘리며 여산대호¹⁻ 산신령님이 나타나서
이쪽저쪽 골짜기가 다 울리게 소리를 지르고
눈알이 빙빙 돌며 눈에 불을 척척 흘리는구나.
그때 길대부인이 산신령 여산대호가 나와 설치니
어느 간담이라 안 무서우며 어떤 사람이라 겁 안 낼까요?
그때에 애기 간 곳 없고,
여산대호가 흙과 자갈을 흩어지게 해서 눈코를 못 뜨겠네.
할 수 없고 할 수 없어,

1_ 여산대호(如山大虎): 산처럼 큰 호랑이.

조금씩 한 발 두 발 자꾸 물러서지고 조금씩 나가진다.

그 산신령의 거동 보소.

산신령님이 포대에 싸 놓은 애기를 덜렁 차 안고

그 굴속을 들어가는구나.

그때 길대부인과

여러 신하 나졸들과 아홉 방2- 시녀들이,

'우리 칠공주를 저 여산대호가

저 바위틈 굴속으로 저렇게 모두 차고 들어가 버리니까

저 속에서 이제 우리 칠공주님을 뜯어 먹든지,

제가 뭔가 해치려고 저러는구나.'

그 길로 겁이 나서 두 번도 다시 못 쳐다보고

곧 내궁으로 충충거리고3- 돌아왔네요.

그때 길대부인이 용상에 계신 대왕님 전에 상소하신다.

"대왕님 명령대로 칠공주를

깊은 산중 바위틈에 갖다 버리고 왔습니다" 상소하니

대왕님 "그 잘했다.

딸도 자식이지마는 딸이 너무 몸서리나고 보기도 싫고

음성도 듣기 싫으니 잘 갖다 버렸다. 그 일 잘했다."

대왕님이 환영하신다.

2_ 아홉 방: 여기서 '방'은 '궁' 또는 '궁방'의 뜻. '아홉 방'은 '구중궁궐'(九重宮闕)을 뜻하는 조어.

3_ 충충거리고: 발걸음을 크게 매우 재게 떼며 땅을 구르듯이 바쁘게 걸음을 뜻한다.

이 장은 산신령의 구출 장면이다. 여기서 여산대호는 산신령이 보낸 전령이다.

길대부인과 따라나선 이들은 모두 '여산대호'가 바리데기를 잡아먹었다 여긴다. 큰 소리를 내며 눈에 불을 켠 호랑이가 무섭지 않은 사람은 없을 것이다. 나중에 밝혀지겠지만, '여산대호'가 실은 바리데기를 구출해 준 것이었다. 대왕은 바리데기를 내다 버렸다 고하자 잘했다 한다.

서울 지역에서는 양육자가 '비리공덕 할미 할아비'로 설정되어 있다. 가장 오래된 배경재 구연본에서는 "깁흔 물에 다리 노와 월천공덕/절을지여 위인공덕, 옷업는 사람 옷주고/밥업는 사람 밥주어 활인공덕/목말은 사람 물주어 급수공덕"이라 구연하고, 그중 제일은 버려진 아이를 기르는 것이라고 했다.

여섯, 대왕이 불치병에 걸리다

그때 길대부인 거동 보소.
딸 여섯을 큰 딸은 천상금이라고 하였고
둘째 딸은 지상금이라 하였고
셋째 딸은 해금이라 하였고
넷째 딸은 달금이라고 이름을 지었고
다섯째 딸은 별금이라고 지었고
여섯째 딸은 석금이라고 지었는데,
이 딸네를 고이고이 길러서 예절 범절 다 가르치어
한문 서당에 글을 다 가르치어
국내 병조판서 한림학사 여러 대신들에게다 치워 놓으니
시집마다 책임을 다 완수하는구나.
그때 오구대왕님이
아들자식 없고 태자 없어 옥사의 길 전혀 없고
선현 봉제사에는 밥 한 그릇 물 한 모금 누가 떠 놔 줄까.
이 생각 저 생각 걱정 근심 수심이 많아
하루 가고 이틀 가고 날이 가고 달이 가니 병이 나는구나.
그때 오구대왕님이
술을 많이 먹고 하도 속을 많이 썩으니,
노점병1-이, 요새 같으면 폐병인데,
옛날 노점병은 고치기가 어렵고
요새는 어떠한 병이라도 약도 좋고 의학박사들이 고치기 쉽

지만

옛날에 노점병에 걸리면 다시 고치지 못하고 회복되지 못하
　　는데,

그때 오구대왕님이 태자 없는 탄식으로

하루 가고 이틀 가고 날이 가고 달이 가니

병이 점점 악화되는구나.

좋다는 의원은 다 불러들이고, 인삼 녹용 산삼

좋다는 약은 다 써 봐도 종시 효력이 없네.

약 효력이 없으니 어찌하리.

할 수 없고 속절없네.

길대부인은 주야장천(晝夜長川) 명약대[2]에

약 공양[3]을 다 하는 구나.

여섯 딸네는 갓 출가시켜서 저의 맡은 바가 있으니

언제 친정살이[4]와 끼니를 의논하리오.

그렇게 세월이 여러 해, 무정세월이 지나가니

십여 년이 가까이 넘어가도록 병이 자꾸 악화가 되어

차츰차츰 말라지고

꺼풀만 붙고 살은 한 점 없고 뼈만 남고

1_ 노점병: 폐결핵. '노점병 걸린 사람 정강이뼈 마르듯 마른다'는 속담이 있는데, 자꾸만 빼빼
　　마르는 것을 비유하는 말.
2_ 명약대: 좋은 약을 구하게 해달라고 기도하는 곳이란 뜻. '名藥臺' 또는 '明藥臺'로 추정할
　　수 있다.
3_ 약 공양: 약을 달이고 챙겨 먹이는 일.
4_ 친정살이: 여기서는 '친정의 살림과 형편'이란 뜻.

이때 이 정도로 고생하는구나.

그때 길대부인 거동 보소.

아무래도 우리 대왕님 살릴 곳이 전혀 없네.

주야장천 눈물을 벗을 삼고 근심을 벗을 삼고

주야장천 약탕관(藥湯罐)에 매달려

부채질 하여 약을 달여서 대왕님 전 약 공양을 하시는데

하루는 약을 공양하고 어느 땀 때가 됐나.

정오가 되었는데

열두 대문 밖에 화초밭에 나와서 꽃바람을 쐬어

화초밭에 물도 주고 이 꽃 저 꽃 저 꽃 이 꽃 다 만져 보고

꽃들 보고 세월 보내다시피 하는 중에

그때 난데없는 대문 밖에서 인도 법도 소리가 나는구나.

한 귀 듣고 선뜻 보니 어떠한 노장 스님이 와서

시주를 달라고 염불소리 처량하네요.

인도 소리 청량(淸亮)하다.

저 길대부인이 반갑게 듣고

"애들아, 헛방5- 시녀들아,

백미 한 말 깨끗하게 떠 오너라."

백미 한 말 시주를 전하니

노장 스님 거동 보소.

"대비마마 길대부인,

5_ 헛방: 허드레 세간을 넣어 두는 방.

영감을 위하여, 대왕님을 위하여,
속에 걱정 근심이 가득합니다.
대왕님을 살리자면,
서천서역국 가서 약수를 구해 와야 대왕님을 살리지요.
그 전에는 도저히 인간 세상에는 약이 없습니다.
대왕님을 살릴 약이 없나이다."
이리 다시 말씀하시고 온데간데 없어지는구나.

이 장은 대왕의 득병과 신탁 부분으로 되어 있다.

딸 여섯을 다 출가시키고, 오구대왕은 태자 없는 근심에 불치병에 걸리고 만다. 좋다는 약을 다 가져와도 소용이 없다. 길대부인이 밤낮으로 기도를 해도 소용이 없다.

그러던 어느 날 고승이 와서 시주를 청하고 대왕의 병에 인간 세상의 약은 듣지 않는다 말하고 사라진다. 서천서역의 약수로만 살릴 수 있다는 것은 일종의 신탁이다. 나중에 신탁이 한 번 더 나온다. 어떤 서울 지역 구연의 신탁에는, 청의동자(靑衣童子), 즉 신선의 시중을 든다는 푸른 옷을 입은 사내아이가 꿈에 등장하는 것으로 설정되어 있다.

일곱, 딸들의 핑계

길대부인이 말씀 반겨 듣고
'서천서역국이 어디며,
어디라고 누구를 보내서 약수를 길어다
우리 대왕마마 회복되어 살리겠나?'
의논할 곳 전혀 없네.
그 연유로
그날 저녁밥을 자시고 딸 여섯을 다 불러들인다.
"큰 딸 오너라.
둘째 딸 오너라.
천상금이, 지상금이, 일금이, 월금이,
석금이, 토금이 다 들어오너라."[1]
딸 여섯을 불러서 맏딸에게 묻는구나.
"애야, 애야, 너희 아버님 병환에는
인간 세상에 없는 약이라니, 어떡하니?
네가 서천서역 가 약수를 구해다가 아버님을 살리겠니?"
큰 딸이 하는 말이
"어머님, 어머님, 우리 인간 세상에

1_ 큰 딸 오너라~다 들어오너라: 여섯 딸의 이름이 앞에서 말한 것과 차이가 있다. 앞에서는
   천상금, 지상금, 해금이, 달금이, 별금이, 석금이라고 했는데, 여기서는 '해금, 달금' 대신 '일
   금, 월금'이라 하고, '별금' 대신 '토금'이라고 했다. 무가 구연에서 흔한 일이다.

서천서역 가서 약수 구해다가 살릴 것 같으면

이 세상에 죽을 사람 하나도 없겠습니다.

어디 가서 어머니 못 들을 말,

그런 사사한[2] 말 듣지 말고 진정하시어,

아버님 살아생전에

이 옥사를 어느 딸에게 맡긴다고,

내가 맏딸이니까 옥사 맡길 걱정이나 하고,

이 재산과 이 살림살이 전부, 국내 책임을 모두

큰 딸이고 작은 딸네에 다 맡긴다고,

그런 의논이나 아버님 살아생전에 하시오."

이 말을 들으니

"오냐, 물러가라. 딸자식은 소용없구나.

둘째 딸 지상금아, 너 들었니?

네가 서천서역 가서 약수를 구해다 너희 아버님 살리겠니?"

"아이고, 어머니, 나는 못 갑니다. 왜냐,

시집갈 때도 큰 형은 뭐를 많이 해 주고,

맏자식만 자식이라고 뭐 많이 해 준다고 이러더니,

그런 걱정 있을 때는 뭐 언니도 나고 나도 언니고,

나는 못 갑니다."

"오냐, 너도 저리 물러가라."

셋째 딸 불러들여

2_ 사사한(些些―): 하잘것없이 작거나 적음의 뜻. '사특하다'의 와음일 수도 있다.

"얘야, 네가 서천서역 갔다 오겠니?"

"아이고, 어머님, 나는 못 갑니다.

자식들은 여럿이고

우리 바깥주인이 요새 국사를 맡아서 무슨 회의가 종종 있

    어서

거기 조석상배3_로 내가 기적4_을 공경하고,

아기들은 많고, 내가 집을 비워 놓고 어디를 못 간다 말입니다."

"오냐, 그만둬라."

넷째 딸 불러들여

"얘야, 네가 서천서역 가 약수를 구해 오겠니?"

"나도 못 갑니다."

"왜 그러니?"

"나는 이 시부모 명령이 무서워서

큰 시집을 맡아 살기 때문에 아무래도 자의로 어디 못 갑니다."

"오냐, 고만둬라."

여섯째 딸을 마저 부른다.5_

"얘야, 얘야, 네가 서천서역의 약수를 구해 오겠느냐?"

"아이고, 엄마, 나는 못 갑니다."

"어찌 그러니?"

"나는 아직까지 시집을 가

3_ 조석상배(朝夕床排): 아침저녁 상차리기.

4_ 기적: 남편을 가리키는 것으로 추정된다.

5_ 여섯째 딸을 마저 부른다: 다섯째 딸이 구연에서 빠졌다.

할 일 천지를 분별 못하고 있는데,

서방 전국과 남편 전국[6] 애정이 들 동 말 동 한데

서방 전국 두고 내 어디를 간다 말입니까, 못 갑니다."

"이년들아, 그만 둬라. 이 천하 몹쓸 년들아."

길대부인 거동 보소.

딸네 모두 쫓아내고 혼자 앉아 탄식한다.

"몹쓸 년들."

햇수를 꼽아보니 십오 년이 지나갔네요.

"어언간에[7] 십오 년이 지나갔구나.

옛날에 핏덩어리 낳아서

포에 싸다 갖다 버리던 그 딸이라도 안 죽고 있었더라면,

살아 있으면 눈먼 자식이 효자질 한다고,

이때 서천서역 가서 약수 길러 아버지를 살렸을라나?"

한숨짓고 눈물짓고 가슴 쿵쾅 치며 탄식한다.

"우리 대왕님은 아주 죽었네."

이 장은 여섯 공주의 펑계 부분이다.

　　길대부인은 답답한 마음에 딸 여섯을 불러 의논을 한다. 첫

6_ 서방 전국과 남편 전국: '전국'은 미상이나 '서방'과 같이 나오는 말.

7_ 어언간에(於焉間—): 알지 못하는 동안에 어느덧.

째는 이상한 소리 말고 아버지 생전에 후계자와 재산상속이나 정하라고 채근한다. 둘째도 서천서역엔 갈 수 없다며 맨날 맏딸만 챙기더니 이럴 땐 언니고 뭐고 없냐고 따진다. 셋째는 자식이 많고 남편은 회의가 많아 밥을 차려야 하니 어디 갈 수가 없다고 답한다. 넷째는 시부모가 무서워 자기 마음대로 못 가겠다고 한다. 다섯째는 구연에서 빠졌고, 여섯째는 시집간 지 얼마 안 돼 천지 분간도 못하고 남편과 정도 다 안 들어 못 간다고 한다. 딸들을 다 물리친 길대부인은 버린 딸을 생각하고 한숨짓는다.

핑계 없는 무덤은 없다. 그런데 공주들의 핑계가 극히 현실적이고 시집간 여성들의 공통점이다. 남편과 아이들, 무서운 시부모, 뭐든 자기 뜻대로는 못하는 처지, 전통시대 여성들은 다 공감하는 내용일 것이다.

여덟, 신탁

그때 길대부인
영감 약을 빨리 약수건에 받쳐 들고
영감 공경을 하러 가니, 뼈 맞붙고 꺼풀이 맞붙었네.
영감님이 다시 끝내 앞길을 모르겠네요.
그렇듯이 영감 약을 공경하고 와
잠시 졸고 있다가
비몽사몽간에 몽사를 얻는데, 열두 대문을 철거덕 열고
어떠한 노장 스님이 대지팡이 둘러 짚고
대문 안에 슥 들어서더니마는
"대비마마, 대비마마, 길대부인, 길대부인,
무슨 잠이 그리 깊이도 들었습니까?
대왕님을 살리자면 옛날 십오 년 전에 갖다 버린
그 칠공주를 찾다다
서천서역 보내서 약수를 길어 와야지,
그 전에는 아무 도리 없습니다."
깜짝 놀라 깨니 비몽사몽간에 남가일몽이라.
"꿈도, 꿈도 이상하고 얄궂어라.
참 이상한 꿈도 다 꿔 보겠네."
길대부인이 깜짝 놀라 일어나서 보니
한밤중이 되었는데, 그때는 어느 맘 때 되었나.
새별만 총총하구나.

시간은 밤 자시로구나.

자정이 되었는데, 그 꿈을 깨고 나니 잠이 올 수가 있나.

밤새도록, 동방화촉 밝아지도록 앉아서,

꿈도 이상하다고, 그 연유로 긴장만 하고 있다가

영감 약 봉양하여 놓고

"시녀야, 시녀야, 내 몸종 하던 시녀 이리 오너라."

옥단춘이 불러들여

"옥단춘아, 오늘은 내가 속도 시끄럽고 하니

산새 바람도 쐬고 들바람도 쐬고

너를 앞세워서 저 깊은 산중으로 가 봤으면 싶고

들 구경도 해 봤으면 싶다. 애야, 가자."

"예, 마마님, 갑시다."

길대부인 거동 보소.

그 꿈을 즈음하여

대문 출입도 안 하던 양반이 자발적으로 시녀 앞세우고

총총걸음으로 길을 떠나간다.

"들을 넘어 산을 지나

옛날에 우리 칠공주 갖다 버리고 돌아올 때 말이야,

꿈에 선녀 옥녀가 현몽하고 공주가 탄생하여

갖다 버렸으니,

'이별 별' 자 '얻을 득' 자 '벼리덕이'라고.

내가 갖다 버린 우리 칠공주가 하나 있는데,

이 자식이 살아 있었더라면 열다섯 살인데

그 핏덩어리를 갖다 버렸는데

어디 가서 살기를 바라며,
그 심심산천 수목 바위틈에 갖다 버리니,
여산대호가 와서 핏덩이를 차고 바위에 들어갔는데,
어디 가서 해쳤을 것이며
피도 안 남고 가시도 안 남고 살도 안 남았을 텐데
어디를 가서 만난단 말이며 찾아간단 말인고.
속이 시끄러우니
내가 들바람 산바람이나 쐬러 갈란다."
몸종 옥단춘이를 앞세우고 산을 넘어 들을 건너
총총거리고 나가는데,
그때 별들이[1] 거동 보소.

이 장은 대왕의 병을 낫게 하려면 바리데기를 찾으라는 꿈속의 신탁과 바리를 찾아서 떠나는 길대부인으로 크게 나뉜다.

길대부인이 대왕의 약 시중을 들고 나서 졸다가 꿈을 꾼다. 어떤 노스님이 대비를 부르며 대왕의 살길은 하나, 십오 년 전에 버린 딸을 찾아와 서천서역의 약수를 길어 오게 하는 것밖에 없다고 일러준다. 스님이 등장하는 꿈을 통한 신탁이 또 나온

1_ 별들이: 바리데기를 가리킨다. 바리데기의 이름을 '이별 별'과 '얻을 득'으로 풀이한 것으로 짐작된다.

것이다. 뒤에 나오는 팔봉사 모티프도 그렇고, 이 구연본에는 불교 관련 모티프가 상대적으로 더 많다.

꿈을 꾸고 심란하던 길대부인은 시녀들을 앞세우고 산속으로 바람을 쐬러 간다. 그리곤 혼잣말처럼 공주 버리던 때 이야기를 한다. 그 자식이 지금 살아 있으면 열다섯인데, 그 핏덩어리가 살아 있기를 바랄 순 없다고 혼자 중얼거린다.

아홉, 어린 시절

그 산천에 갖다 버리자마자 온 산신령이 옹위(擁衛)하여 여
  산대호를 내려보내,
언감히1_ 그 누가 잡인 금할까요.2_
그렇게 그 산천에 산신령님이 별들이를 맡아 기르는데,
별들이는 본시 천상계 사람이라서 산신령도 옹위하고
산신령님이 별들을 맡아
낮이면 낮볕을 보고 밤이면 이슬 받고
고이고이 무럭무럭 자라나는데,
병 없이 무사하게 잘 자라나는데,
바리데기 거동 보소.
네 살 다섯 살 먹으니 자작자작 걸어
온 산천에 여기 땅이고 저기 땅이고 산신령님이 옹위하여
바리데기를 가르치고,
산신령님이 사람을 변통하여3_
그 산천에다가
깨끗한 날아가는 것 같은 기와집을 하나 이룩하고,
한 칸에는 서당 방을 만들고,

1_ 언감히(焉敢—): '주제넘게 함부로'의 뜻. '어찌 감히'와 같은 말.
2_ 그 누가 잡인 금할까요: 여산대호 말고는 잡인을 허용할 수 없다는 뜻.
3_ 사람을 변통하여: 사람을 적절히 동원하여.

이쪽에는 산신령이 자는 방,

그 서당 방에는 바리데기가 공부하다가 자는 책방을 만들고,

한 해 가고 두 해 가고, 하루 가고 날 가고 달이 가도록

바리데기가 한 십여 년 가까이 공부를 해 오니,

한문은 어떤 한문 읽었나.

『천자문』 다 읽고 『동몽선습』4_ 다 외우고

『대학』 『소학』 문수5 산수 백과사6_며

『논어』 『맹자』 『여씨춘추』

『옥편』7_ 『운책』8_

낱낱이 다 읽었으니, 바리데기 글에 따를쏜가.

글만 배울 뿐 아니라 산신령이 받들어 가르치고,

천상에서 외우게 하려 가르치니 어떠한 걸 못하랴.

인간 사회에 필요한 농사에 삯바느질 다 배워

음식 먹새9_ 다 배우고 온갖 일색 다 배웠네요.

이런 건 다 산신령이 가르쳤구나.

그러던 사이 바리데기가 글을 배우다가

4_ 『동몽선습(童蒙先習): 조선 중종 때 박세무가 쓴 어린이 학습서. 『천자문』을 익힌 어린이들
   이 『소학(小學)』을 배우기 전에 공부하는 교과서로 널리 사용되었다.

5_ 문수(問數): 문복(問卜).

6_ 백과사(百科事): 백과사전.

7_ 『옥편』(玉篇): 자전(字典) 또는 1세기에 지은 중국의 자전. 『설문해자』를 본떠 만들었는데, 원
   본은 전하지 않고 후대의 보충본만 오늘날 전한다.

8_ 『운책』(韻冊): 원명은 운고. 중국 글자의 사성(四聲)인 상성, 평성, 거성, 입성의 운자를 분류
   하여 모아 놓은 책. 한시를 짓기 위해서는 이 사성은 반드시 알아야 하는 것이다.

9_ 먹새: 여기서는 음식을 먹는 태도나 예의범절을 뜻하는 '먹음새'의 뜻. '먹새'는 '먹성'의 뜻
   도 있다.

『시전』(詩傳)『서전』(書傳) 삼강오륜을 배우는데
부자유친 삼강오륜법 글을 하나하나
바리데기가 산신령에게 묻는데,
바리데기는 산신령인 줄도 모르고
선생이 아버지고 선생이 엄마고,
금세상에는 하나밖에 없는 부모고 선생인데,
바리데기 그 밖에는 다시 모르는데,
산신령에게 바리데기가 묻는다.
"선생님, 선생님."
산신령이 바리데기에게 시키기를
"너는 내 서당 제자고, 나는 너한테 선생님이니
똑 선생님 시키는 대로 하고,
선생님 가르치는 대로 본을 받아야 한다."
이렇듯이 애당초에 바리데기에게 명령하였으니
착하고 어진 마음 바리데기가
다시 그 산신령 본밖에 안 배우는구나.
그때 바리데기가 주자십회[10]를 배워 삼강오륜법을 배울 때에
"선생님, 부자유친이란 것은
아버지와 아들과 친하다 하는 그것이 아닙니까?"
"그래."

10_ 주자십회(朱子十悔): 주희가 후대 사람들을 경계하기 위해 사람이 일생 동안 하기 쉬운 후
회 가운데 중요한 열 가지를 뽑아 제시한 것.

"'부'는 아비고 '모' 자는 '어미 모' 자가 아닙니까?"

"오냐."

"우리 아버지는, 날 낳던 아버지는 어디 계시며

날 탄생하던 우리 어머니는 어디 있습니까?"

산신령님이 답하기가 곤란하여

"글 배우는 아기들이 그건 알아 무엇 하나?"

"예, 그런 글귀가 있으니까 알아야 안 됩니까?"

"오냐, 알아야 되지마는, 부는 '아비 부'고 모는 '어미 모'다.

그러면 '자' 자는 '아들 자' 자 아니냐? '여' 자는 '계집 여' 자

　　고."

"부모의 대개는 아들 있고 딸이 있는 법인데

나는 금세상 아버지는 어디 있고 엄마는 어디 있습니까?"

이 말 답하기가 곤란하구나.

"애야, 네가 그런 것 알아서 아무 쓸데없고,

내 가르치는 글만 꼬박꼬박 배우면

아버지도 나타나고 엄마도 앞으로 있으리라."

꽃구름

이 장은 바리데기의 어린 시절과 근본을 묻는 바리데기에 관한 이야기다.

　　버려진 갓난쟁이 바리데기는 여산대호에게 물려 죽지 않았다. 산신령이 보호하여 집을 지어 바리데기를 기른다. 바리데기

는 무럭무럭 자라고, 한문에 글씨, 농사일에 바느질까지 두루
배운다. 바리데기는 선생을 부모라 여기고 사는데, 그러던 어느
날 삼강오륜을 배우다가 질문을 한다. 세상 사람 대부분 아들이
나 딸이 있는데 내 부모는 어디 있는가? 산신령은 글만 잘 배우
고 있으면 아버지 어머니가 나타날 거라고 답한다.

　서울 지역에서는 바리데기의 질문에 왕대나무와 오동나무
를 말하는데, 왕대나무를 아버지에, 오동나무를 어머니에 비견
하는 것은 부모 상중에 상주가 지팡이를 짚는 의례에서 유래한
다. 부친상 때 상주가 짚는 검정빛의 대지팡이를 저장이라 하
고, 모친상 때 쓰는 오동나무 지팡이를 삭장이라 한다. 『예기』
「상복소기」와 「삼년문」에 관련 기록이 보인다.

열, 재회

선생님 말씀 감사히 듣고
그 이튿날 아침상을 바리데기가 선생님께 제공하는구나.
"애야, 애야, 바리데기야,
오늘날에 내가 너한테 할 말이 한마디 있다."
"예, 무슨 말입니까?"
"내가 너를 십오 년을,
너를 맡아 가르치고 기르고,
네가 내게 공부하고 안 왔니."
"예, 그렇지요."
"오늘 오시[1]에는 너와 나와 이별이다."
바리데기가 이별이란 말 듣고
"선생님, 선생님,
이게 무슨 말씀입니까?
나는, 나는 이 산천에 아버지도 선생님밖에 없고,
엄마도 우리 선생님밖에 없고,
형제간도 우리 선생님밖에 없는데,
오늘 이별이란 말이 이게 무슨 말입니까?"
"애야, 애야, 오늘 오시에는

1_ 오시(午時): 오전 11시부터 오후 1시까지.

너 생모가 나타난다. 너 낳아 주던 생모가 나타나니까,

나는 오늘날에 너를 더 가르칠 것 없고,

네가 더 배울 것 없고,

누가 와도 이 이상 너를 더 가르치지도 못한다.

그러니 추호도 섭섭하게 생각 말고

오늘 너 생모를 만나리라."

"선생님, 그 말 확실합니까?"

"애야, 오늘 정오에 네가 기다려 보면 알 도리가 있으리라."

선생님이 조금도 속임이 없는 어른인데,

어찌 들으니 실제 같고, 어찌 들으니 허언 같구나.

한시 가고 두시 가고 차츰차츰 무정하게 시간이 덧없이 가니
　　　까,

요새 시로 말하면, 사시2를 지나고 오시가 되는데,

사시 말쯤 되어, 선생님이 오시가 얼마 안 남았을 시에 말하
　　　기를

"네가 글공부 하던 방에

보따리를 풀어 보려고 늘 하는 걸 내가 중지시키고

그 보를 풀어 보지 마라 했지.

정오에 너희 생모를 만나거든

저 보를 풀어 보라.

알 도리가 있을 게다. 그 전엔 저 보를 풀지 마라."

2_ 사시(巳時): 오전 9시부터 11시까지.

이 말한 뒤에

돌개바람이 획 불더니마는 집도 절도 간 곳 없고,

큰 옥석바위에 보만 앞에 놓고 바리데기가 그냥 앉아 있구나.

선생님보고 이별이란 말 듣고

큰절 한 번 고이 하고 일어서서 보니

돌개바람 확 불자 선생님 간 곳 없고 집도 절도 간 곳 없고

배우던 책도 간 곳 없고 흔적이 없구나.

그러자 바리데기가 무서운 마음도,

그 산천에 무서운 마음도 들고

그리하여 슬픈 마음도 들고

'우리 선생님, 십오 년 동안을 날 길러 주더니

우리 어머니 아버지와 한가지인데 어디로 가셨나?'

바리데기가 설워하며 한탄하고 앉았는데

어디서 바람결에 들리는 소리,

청천3-에 외기러기처럼 소리가 들려오는데

"애야,

옛날에 십오 년 전에 포대기 싸다가 저 바위틈에 갖다 버린

내 딸 바리데기야,

귀신이라도 이 산천에 붙어 있나.

인도환생4-하여 성현 군자 남자 몸 되어

3_ 청천: 청천(靑天)은 푸른 하늘, 청천(晴天)은 맑게 갠 하늘이란 뜻.

4_ 인도환생(人道還生): 사람이 죽어 저승에 갔다가 이승에 다시 사람으로 태어남을 말한다.

태자 몸 되어 어디 가서 옥사를 맡아 있나.

내 딸 바리데기야,

귀신이라도 만나고 혼백이라도 모녀간에 상봉하자.

내 딸이야."

이렇게 다시 서러이 우는 소리가 바람결에 들려온다.

바리데기가 선생님께 듣던 말이 있어서

정신을 다시 차려

바리데기가 힘없이 가만 서서 그 부인을,

울고 오는 쪽을 바라보니

차츰차츰 바리데기 앞으로 가까이 오는구나.

우는 소리를 바리데기가 귀에 멍히 듣고,

길대부인이 거기 오다가 주춤 서더니마는

길대부인이 하신 말씀이

"애야, 애야, 처녀야, 처녀야,

너는 어떠한 처녀가 키가 가연하고[5] 머리도 길고

물 찬 제비처럼, 얼굴을 보니 네가 국색[6]이구나.

어떠한 처녀가 이 산천에 단보따리 앞에 놓고

옥석바위 밑에 그렇게 서서 우는 얼굴로, 어째 그러느냐?"

그때 바리데기가

"나는 이 산천에 본토박이로 이렇게 살고 있는 사람입니다마는

5_ 키가 가연하고: 키가 크고 늘씬하다는 뜻으로 추정된다.

6_ 국색(國色): 나라 안에서 으뜸가는 미인.

당신은 어떤 부인이기에 '내 딸 바리데기' 하고
울고 오니 무슨 일입니까?"
"십오 년 전에 칠공주를 이 산천에 갖다 버렸으니 여태 살 리
　　없고,
죽어도 가시도 썩고 살도 썩고 피도 썩고 다 없어서,
오늘날에는 산바람을 쐬고 속도 시끄러워서,
내가 들바람도 쐬러 이 산천에 와 보니,
옛날에 십오 년 전에 갖다 버리던 그 일이 문득 생각나서
'바리데기' 하고 내가 소리를 지르고,
이렇게 이 산천을 바람 쐬러 오는 길이다."
"그러면 당신이 우리 어머닙니까?"
이때 길대부인이 이 말 듣고
"얘야, 그럼 네가,
십오 년 전에 여기 갖다 버렸던 바리데기 칠공주가 분명하니?"
"나는, 나는, 십오 년 전에 우리 어머님이 나를,
포대기에 싸다가, 피 발간 나를,
이 산천에 바위틈에 갖다 내버려서
이 산천에 산신령님이 나를 받아서 이만큼 길러 주고 가르쳤
　　는데
오늘날에는 모녀 상봉이라고 말씀 전하고
온데간데 흔적이 없습니다."
"얘야, 그럼 네가 내 딸이 분명하구나."
"당신이 그럼 우리 어머닙니까?"
서로 부여잡고 치 뒹굴 저리 뒹굴 방성통곡 울다가

바리데기가 생각하니까 선생님이 가르쳐 주던,
어머님을 만나걸랑 즉석에 보를 풀어 보거라던 고로
옆에 있는 보를 풀어 보니까 별것이 다 나온다.
바리데기 몸에 입히려고 이른네 저고리 등 나오고,
백일 만에 입히려고
앞섶에 꽃 놓고 등줄기에 꽃 놓고 이리저리 용 그림과
북두칠성 삼태성 조물신 수를 놓은 저고리 바지 조끼
은조롱 놋조롱 조롱조롱 구슬이 다 나오는데
커다란 백공단 두디기의 안쪽 바깥쪽 보니까
길대부인이 자필로 써 놓았던 글인데
십오 년 전에 그 좋은 먹을 가지고 자필로 붓글씨를 써 놨는데,
글은 천년 가도 먹은 안 썩고 만년 가도 안 썩는 법인데
자서를 읽어 보니,
길대부인이 일곱째 태자를 탄생하면 이 두디기로 기른다고
글을 써 놨구나.
이 글을 보더니 길대부인 깜짝 놀라
"십오 년 전에 내 글씨가 분명하다."
두디기도 나오고
이리저리 어머니와 딸이 서로 붙들고 울고불고 방성통곡하다가
바리데기는 어머님 가슴에 안겨서
"엄마, 엄마, 울 엄마.
옛날에 젖꼭지도 못 물어 보고
젖도 한 모금 빨아 보지도 못하고."
젖도 빨아 보고

엄마 가슴도 안아도 보고

허리도 안아도 보고 치마폭에 싸여도 보고

이리 뒹굴 저리 뒹굴 어머님 전에 업혀 보고 안겨도 보고

"엄마, 엄마, 울 엄마."

한 많고 원(怨) 많은 정으로 젖꼭지 물고 쭉쭉 빨아도 보고

엄마는 딸을 진정을 시키고 딸은 어머니를 진정시키고

"얘야, 얘야, 내 딸이야.

네가 진정 안 죽고 살았구나. 어서 가고 바삐 가자.

집에 가자, 내 딸이야."

바리데기가 어머니와 손목을 부여잡고 오는데

그 뒤에 그 옷보와 두디기는 보에 도로 싸서,

옥단춘이 시녀가 안고 충충거리고 후궁으로 돌아왔네.

그 연유로 그날 밤에

소복단장7- 정성껏 하고 머리 곱게 빗고 세수하고

아버님 전에 인사차 들어간다.

아버님 전에 큰절을 고이 드리고

"소녀, 불효 소녀 문안드리옵나이다."

아버지 방에 가 보니,

아버지가 뼈만 남아 겨우 숨이 붙어 있구나.

그때 바리데기가 인사를 드리니 누워서 대답하는 말이

"어떠한 처녀가 문안하기 웬 말이냐?"

7_ 소복단장(素服丹粧): 아래위를 하얗게 차려입고 맵시 있게 꾸밈을 말한다.

길대부인 하는 말이

"대왕님, 대왕님.

십오 년 전에 갖다가 버린

바리데기 칠공주 내 딸이 안 죽고 살아 왔습니다."

대왕님이, 안아 일으켜 주고 안아 눕히던 양반이

그 말 듣고 깜짝 놀라 벌떡 땅을 치고 일어나 앉는구나.

앉더니 바리데기를 부여잡고 "으히" 서로 목을,

부녀간에 목을 잡고 방성통곡 서러이 운다.

"내 딸이야, 내 딸이야.

네가 안 죽고 살았다니 이게 웬 말이냐?

애야, 내 딸이야.

나는, 나는 너를 갖다 버리라 한 그 죄를 받아서

십오 년 동안에 병이 들어

나는 이제 이 병 이기지 못하고 애야, 영영 죽는다.

애야, 내 딸이야, 너희 형 여섯이 믿지 말고

불쌍한 아들자식 없는 너희 어머니를 열 자식 하나같이

네가 아들 겸 딸 겸 해서 너희 어머니 불쌍케 여기고 모셔라.

나는 오늘 죽을 동, 밤에 죽을 동, 내일 죽을 동, 모르지마
　　는."

바리데기 "나를 두고 아버지, 아버지,

사람이 병든다고 다 죽으며, 병든다고 다 잘못되며,

죽을 날 밑에도 살날이 있지요.

추호도 걱정 마옵소서, 아버지."

앉아 있는 아버님 모시어 뉘어 놓고

"아버지, 아버지.

걱정 말고 약이나 아버지 성미대로 잡수시오."

이 장은 산신령의 예언과 모녀 상봉, 친자 확인과 부녀 상봉 부분이다.

어느 날 바리데기가 아침을 차려 신령님께 드리자 신령님이 생모가 나타날 것이고 더 이상 가르칠 게 없다며 이별을 말한다. 그리고 생모를 만나면 평소에 못 보게 하던 보따리를 풀어 보라고 말하곤, 돌개바람과 함께 집도 책도 모두 사라진다. 그런 바리데기에게 들려오는 소리가 있으니, 바로 바리데기를 그리워하는 길대부인의 목소리다. 십오 년 전 포대기에 싸서 버린 딸이 살아 있다고는 생각을 못 하고, 환생하여 남자 몸이 되었냐 묻고, 귀신으로라도 다시 만나자 한다.

친자 확인 방식은 각편마다 다르다. 이 구연본에서는 길대부인이 바리데기가 가지고 있는 옷 보따리와 자기가 옛날에 쓴 글씨를 보고 확인한다. 서울 지역에서는 보통 바리데기와 대왕의 피를 합하여 확인하는데, 이 역시 신화에 자주 등장하는 화소이다.

대왕 부부와 바리데기의 재회 장면에서 서울본과 동해안본의 차이는 매우 크다. 서울본은 분량이 매우 소략할 뿐 아니라, 15년 만에 만난 부녀의 대화에서 감정은 극도로 억제되어 있고

분위기는 엄숙하다. 대왕의 대사에서, 천륜을 저버린 과오에 대한 깊은 자책 같은 것은 느끼기 어렵다. 추위도 더위도 배고픔도 어려웠다는 공주의 대답에도 복받치는 슬픔이나 원망 같은 것은 없다. 건조하게 느껴지는 서울본의 재회 장면은 원망과 그리움, 슬픔과 기쁨의 정서가 말과 몸짓을 통해 폭발하는 동해안본과 크게 대비된다.

열하나, 서천서역을 향해

바리데기 아버님 고이 눕혀 놓고 돌아 나와서

어머님과 십오 년간에 그리던 만단¹⁻ 사연으로 서로 마주본다.

"애야, 애야, 내 딸이야.

십오 년 동안에 얼마나 산천에서 고생 되었더냐?

내 딸이야, 내 딸이야."

이리도 쓰다듬고 저리도 쓰다듬고,

모녀가 서로서로 하소연하다가,

딸 여섯이 동생이 살아 왔다고 하니까 모두 반가워서

다 모여들어 형제간에 서로서로 그리던 정 만단 사연 한 후
　　에²⁻

딸네는 시 제집으로 다 돌아가고

어머니하고 바리데기하고 모녀간에 서로 앉아 못할 말이 있
　　겠나.

그리 말하다가 "애야, 바리데기야,

너희 아버님 병환은 인간 세상에는 약이 없고,

서천서역국 가서 약수를 구해다가

아버님을 살린다는 그런 말을 듣고,

너희 형 여섯을 다 불러들여서

1_ 만단(萬端): 수없이 많은 갈래. 온갖.
2_ 만단 사연 한 후에: 온갖 사연을 이야기한 후에.

약수 구하러 갔다 오겠느냐고,

여섯을 다 불러 물어봐도 아무도 갔다 올 사람이 없고,

못 간다고 그리하니,

너희 아버지는 이 길로 이기지 못하고 황천객이 되겠노라."

바리데기가 이 말을 턱 듣더니마는

"어머님, 염려 걱정 마시오. 병든다고 다 죽습니까.

어머님, 나를 남복 한 벌 차려 주시오.

어머니 날 남복 한 벌, 바지저고리 지어 주시오."

"얘야, 뭐 하려고 하니?"

"내가 서천서역 가서 아버지 약수를 구해 와 아버님을 살려
        야지요.

내가 처녀 몸으로 갈 수가 없으니,

남복을 차려 총각 몸이 되어서 내가 갔다 오겠습니다."

"얘야, 내 딸이야.

말은 고맙고 너 성의는 대단하다만

어린 네가 어디로 가며,

서천서역 어디라고 네가 찾아가며,

십오 년 동안에 산천에 고생하던 너를 또 어디를 보내랴.

얘야, 못한다."

"아이고, 어머님, 그 말 마시오.

출천효녀3- 심청이는 공양미 삼백 석에 몸이 팔려서

3_ 출천효녀(出天孝女): 하늘이 낸 효녀.

아버지 눈을 뜨도록 했고,

남한 처녀 목련여⁴⁻는 수천 리 수만 리 땅 굴속을 파고 들어

　　가서

지왕님⁵⁻ 전에 나타나서 지옥에 갇힌 어른을 천상에 천도시

　　켰으니

천상 옥계로 환생시켰으니, 그런 효자만 못하지마는

불초 소녀도 부모에게 효성을 할 만큼은 해 봐야 안 됩니까?"

"오냐, 내 딸이야. 네 말이 너무 기특하다."

바리데기가 어머님 전에 자꾸 조르니까,

어찌나 졸랐던지 안 지어 줄 수도 없고,

남복을 한 벌 지어 주니

어머님께 하직하고, 아버님 병환에 들어가서 하직을 한다.

"아버지, 아버지,

내가 며칠 동안이면 약수를 구해서 아버지를 살릴까.

걱정 마시오."

"얘야, 내 딸이야. 너 어린 게 어디를 간단 말이냐."

아버지가 병중에서도 호령을 하니

"아버님, 그 말 마시오.

4_ 남한 처녀 목련여: 목련여(目連女), 즉 목련은 석가모니의 제자인 목련존자를 가리키는 것으
　　로 보인다. 왜 '남한 처녀'라고 했는지는 미상인데, 인도 출신이라 그렇게 표현했을 수도 있
　　고, '나만한 처녀'의 와음일 수도 있다. 여러 불경에서 '목련'은 지옥에 떨어진 어머니 또는
　　조상을 구제하기 위해 우란분재를 베풀었던 주인공으로 나온다.
5_ 지왕님: 문맥상 지옥을 지키는 왕으로 나타나지만, 목련 고사가 지장보살의 전생담과 유사
　　한 만큼, 여기서 지왕님은 지장보살을 가리키는 것으로 볼 수도 있다.

추호도 내 걱정 하지 마시오.

내가 꼭 약속해서 아버지를 살리겠습니다."

그냥 아버지 말도 안 듣고 막 하직하고 떠나간다.

그때 오구대왕 영감 할머니가

저 딸자식 어린 거라도 자꾸 간다고 우기고 떠나가니,

붙잡지도 못하고 그냥 눈물로만 서로 작별하고.

바리데기 거동 보소.

하루 가고 이틀 가고 사흘 가는데

바리데기가 남복을 차려서 총총걸음으로 떠나가다가 보니까,

밤이 되면은 사람 안 사는 곳에는

가다가 날이 저물면 가랑잎 속에도 싸여 자고

바위틈에도 끼여 앉아서 졸다가 가고,

논귀나 밭에서 이리저리 시간을 보내고

어정거리고 돌아다니다가

가다가 나무열매랑 다 따먹고

솔잎도 끊어 씹어서 물도 짜 먹어도 보고

부모에게 효도할 마음으로,

천심6이 시켜서 가는 길을 누가 감히 말릴쏘냐.

바리데기가 하루 이틀 사흘, 닷새 엿새,

날이 가고 달이 가도록 떠나가는구나.

얼마만큼 가는지, 서천서역국, 해도 못 가는 쪽으로 찾아가

6_ 천심(天心): 선천적으로 타고난 마음씨 또는 하늘의 마음.

는구나.

바리데기가 한 곳을 당도하니,

얼마만큼 갔든지 간에 자야 밤중이 되는데,

수풀 틈에 수목은 우거지고

나무가 얼마나 어떻게 잦아지고 우거졌든지 간에,

자야 밤중에 별이 약간 하늘에 보일 동 말 동 하는 그곳에

　　가서

밤이 야심하니 바위틈에 꿇고 졸고 있는데

어디서 나무 사이로 가만히 바로 건너 산을 바라보니

불이 약간 알른알른7_ 하는데

촛불이 빤짝 끝에 보이는구나.

밤이면 불씨 가난이라고,8_

불 쓴 곳을 찾아가고 불 있는 곳을 찾아가는 법인데,

바리데기가 소나무 아래로 살살 기어서

불빛 있는 곳만 찾아가니 거리가 워낙 멀구나.

그곳을 솔 바닥 밑으로 가다가 엎어지고 미끄러워 넘어지고

가시밭에 채어 걸려서 엎어지고 얼마만큼 고생을 했는지,

아래 가랑이는 삽살개 주둥이 되듯이9_ 다 떨어질 지경이고

그 고운 손발이 온통 나무에 긁히고

7_ 알른알른: 무엇이 조금씩 보이다 말다 하는 모양.

8_ 밤이면 불씨 가난이라고: 속담인 듯하다. '밤이면 불씨가 많지 않아서 불이 있는 곳으로 찾아가는 법'이라는 의미.

9_ 삽살개 주둥이 되듯이: 삽살개는 주둥이 주위에 털이 많지 않음. 여기에 빗대어 바지가 해지고 떨어졌다는 것을 표현한다.

가시밭에 긁혀서 형편없이 되었고,

바리데기가 한 곳을 찾아 가니

불이 빤하게 보이는 그곳에 바로 당도하니

어찌 높이 쌓아 놨던지 담장은 높고

기와집 큰 '입 구' 자 대문은 잠가 놓고

대문 앞에 간판을 써 붙였는데,

달이 우중충한데 달밤에 그 간판을 읽어 보니

팔봉사 절이로구나.

'여덟 팔' 자, '만날 봉' 자, '절 사' 자 팔봉사로구나.

팔봉사 절을 찾아갔는데,

그 절에 스님은 육십 명 가까이

젊은 스님과 노승이 모두 있고,

절은 과연 큰 절인데 그 절에 문을 잠가 놓으니

어디로 열고 들어갈 수가 있나.

자야 밤중이 됐는데 깨울 수도 전혀 없고,

바리데기가 이리저리 돌아다니다가 보니

밤나무 가지가, 휘늘어진 가지가 하나,

그 담장 너머로 척, 가지가 하나 휘늘어져 있구나.

바리데기가 산천에 십오 년 동안을 컸으니

나무 재준들 얼마나 잘 타며 돌 위에는 얼마나 잘 뛰고

내려가고 올라가겠나.

밤나무를 타고 올라가서

참 우리 시왕길 걷는 사람처럼[10]

더 수월케 나뭇가지를 타고 넘어서,

그 큰 담장을 넘어 뛰어 내려와 보니 절 마당이라.

팔봉사 절 마당인데,

안에 법당에는 촛불이 기울어질 지경이고

향불이 아직 안 꺼지고 향내가 미미하게 남아 있고

밥에 김이 무럭무럭 날 정도로,

스님들은 막 들어가서 자는데,

육십 명 스님들이 전부 잠이 들어 있구나.

그때 바리데기가

그 절에 달려 있는 그 종을

바리데기가 별안간에 쳐 보고 싶다.

바리데기가 종 채를 들고 한 차례 때리니

그 종이 인경[11]- 소리같이 땡 울리는구나.

그때 바리데기가 종 채를 놓고 후당후당후당,[12]- 인적기가 있
    으니

중들이 막 종소리를 듣고 깬다.

아침은 삼십삼 차, 저녁은 이십팔수[13]- 종을 치는데

새벽 종소리라 날 샌 줄 알고 막 스님들이 우둥우둥[14]- 뛰고
    이러니,

10_ 시왕길 걷는 사람처럼: 바리데기가 나무 위를 쉽게 잘 걷는다는 뜻. 시왕길은 저승길인데,
    바리데기를 오구굿 하는 무당에 비유한 말로 추정된다.
11_ 인경(人定): 절에서 시각을 정해 놓고 치는 종.
12_ 후당후당후당: 종 두들기는 소리.
13_ 이십팔수(二十八宿): 본래 스물여덟 개의 별자리를 뜻하는데, 여기서는 절에서 저녁에 종
    치는 회수를 가리킨다.
14_ 우둥우둥: 여러 사람이 바쁘게 드나들거나 서성거리는 모양.

밤은 자야 밤중인데 아직 종 칠 시간 멀고,

날 샐 시간 먼데 이거 어쩐 일인가 보니,

스님들은 전부 누워 자고 있는데,

물어도 아무도 종 친 사람이 없으니,

이게 귀신이 이랬나, 사람이 이랬나, 짐승이 이랬단 말이냐.

전에 없던 일이, 이 절에 무슨 이런 일이 생기나.

노스님 한 분이 명령을 내려서

"이게 어쩐 일이고?" 그래. 모두 숙덕숙덕 하다가,

또 잠을 어찌, 또 비몽사몽간에 잠이 들었는데,

또 바리데기가 그 법당 뒤에 숨어 있다가,

또 나와 종을 한 차례 쾅쾅 두 차례 때리고 나니,

스님들 놀래 "이거 어쩌냐?"

그때 바리데기는 올 데 갈 데 없어 법당 밑에, 대웅전 법당 밑에,

부처님 앉아 계시는 그 밑에,

대불의 밑으로 막 내리 들어가 숨어서 벌벌 떨고,

스님들 다 깼으니 붙잡히면 마저 죽는다고,

겁을 내어 들어가 있으니까,

여러 스님들이 횃불을 켜 들고 마당에 장작에 불을 피우고

사방에 절마다 구석구석 다 뒤져 봐도

짐승도 없고 사람도 없고 날짐승도 없구나.

이거 어쩐 일인가, 산지사방15_ 뒤져 보라고

15_ 산지사방(散之四方): 사방으로 흩어짐을 말한다.

노장 스님이 명령하니,

부처님 밑에 커튼을 이렇게 들쳐 보니까

어떤 엄두리 총각16_이 하나 섰구나.

스님들이 깜짝 놀라, 젊은 스님들이

"여기 뭐가 인적기가 하나 있는데,

짐승인 듯 사람인 듯 귀신인 듯, 뭐가 하나 있습니다."

이리하여 스님들 팔만대장경을 널리 읽어 염불을 모시는데,

귀신이면 쫓겨 가고,

여산대호 산신령 범이면 범 천령개17_가 벌어지고,

사람이면 무사하는데,

아무리 팔만대장경을 다 읽어도 쫓겨가지도 않고,

천령개도 안 벌어지고,

그냥 무사히 섰거든.18_

"사람이냐, 귀신이냐?"

"예, 내가 사람이올시다."

분명히 음성과 말, 모습은 사람이구나.

젊은 스님들이 그제야 사람이라고 알고,

그냥 막 끌어내서 밟아 죽인다고 누른다.

16_ 엄두리 총각: 떠꺼머리(장가나 시집갈 나이가 된 총각이나 처녀의 땋아 늘인 머리) 또는 더벅머리 총각.

17_ 천령개(天靈蓋): 두정골 혹은 마루뼈라고 하는데, 머리의 꼭대기와 측면을 구성하는 두개골.

18_ 그냥 무사히 섰거든: 스님들이 염불을 외어도 바리데기에게 아무런 변화가 없음을 뜻한다.

그때 지주가 묻는다.

"웬 놈이냐? 자네는 어찌 왔느냐?"

상좌 크게 아우성을 지르고,

그때 바리데기가 대답을 한다.

"나는, 나는, 나는

불라국 오구대왕 막내아들, 일곱째 막내아들이올시다.

자야 밤중에 길을 가다, 이 절을 찾아 담장 넘어와서,

스님들 깨우기 죄송스럽고."

그 육십 명 절에 스님들이 그 자리에 모두 꿇어 엎드려,

따라 고개를 숙이고 절을 하며

"공주님, 공주님, 칠공주님, 공주님 납시셨습니까."

바리데기가 꿇어앉아

"내가 일곱째 막내아들이라 했는데,

내가 칠공주인 줄 어찌 아나?"

스님들이 "이거 무슨 말입니까? 공주님, 공주님,

우리가 어제 날에 석 달 열흘 백일제[19]에 기도를 간밤에 마
　　치고,

저 법당에 대웅전에 공양 마쳐서 김나는 것도 역시 그 일이고,

이 절에 종도 공주님 탄생하려고 달아,

이 절 지은 것도 불라국 오구대왕님 명령이었습니다.

이리 이 절에 육십 명 우리 중생이 먹는 양식도 공주님 덕택

19_ 백일제(百日祭): 백일재(百日齋), 본래 뜻은 '사람이 죽은 날로부터 백 번째 되는 날에 드리
는 불공'이지만, 여기서는 백일 간의 기도란 뜻으로 쓰였다.

82

이고,

절도 공주님 덕택, 먹고 있는 게 전부 공주님 덕택인데,

공주님이 불라국 오구대왕님 살리려고 서천서역으로 떠나는데,

아무쪼록 언제라도 서천서역 약수 구해서 대왕님 살려 주소
　　서 하고,

우리가 석 달 열흘 백일기도를 엊저녁에 올렸습니다.

공주님 오신 줄 모르고 마중을 못 가서 황송하옵나이다."

칠공주가 그제야 속임 없이

"예, 여러 스님들 다 일어서시오."

스님들 인접해서 말씀드리니 동방화촉 날이 후딱 밝아지는
　　구나.

그때 공주가 길을 떠나려고 하니

"공주님, 공주님, 이 공양 올린, 아침 공양이나 좀 하고 가시
　　오."

"내가 어찌 여기 와 공도 안 드렸는데,

내가 무슨 공양을 하고 가겠습니까?"

"이게 전부 공주님네 재산인데, 공양을 하고 가소서."

올린 공양 멧밥[20]을 잠시 몇 숟가락 뜬 후에

여러 스님들 전에 하직하고 서천서역으로 떠나간다.

20_ 멧밥: '메'의 방언. 제사 때 신위(神位) 앞에 놓는 밥.

이 장은 여화위남, 서천서역을 향해, 팔봉사, 세 부분으로 나뉜다.

여화위남(女化爲男)이란 여자가 남복을 하고 남자 행세를 한다는 뜻인데, 한국 신화나 소설에 많이 등장하는 모티프다. 동해안본에서는 바리데기가 여화위남 하는 바람에 이후 천정배 필과 겪게 되는 일들이 많다. 이 구연본에서도 바리데기가 어머니 길대부인에게 남복을 해달라고 조른다. 이유는 서천에 가서 약수를 구해다 효를 다하겠다는 것이다. 그렇게 떠난 서천서역 길이 평탄할 리 없다. 나무 열매를 따 먹고 솔잎도 씹고, 저물면 가랑잎 속에서 자고.

그러다 도착한 곳이 팔봉사다. 나무 사이로 불빛이 어른어른하는데, 그곳까지 거리가 멀다. 엎어지고 미끄러지며 손발이 다 긁혀 형편없이 되었다. 절 앞에 당도해도 대문이 잠겨 들어가질 못하는데, 늘어진 밤나무 가지를 타고 절 마당에 내려선다. 향내도 아직 남아 있고, 공양에 김도 나는 것을 보면, 스님들은 이제 막 잠이 들었다. 그러다 바리데기가 종을 쳐서 스님들을 다 깨워 놓는다. 종을 친 게 사람인지, 귀신인지, 짐승인지 모르겠다고 숙덕이다가, 결국 찾아낸 것이 법당에 숨어든 남복을 한 바리데기였다. 그 절이 오구대왕의 일곱 번째 공주를 위한 것이라는 이야기를 듣고 이튿날 아침 또 길을 떠난다.

바리데기 서사에는 불교가 깊이 관여되어 있다. 서울본에도 석가여래와 아미타불, 지장보살이 자주 등장한다. 석가는 바리데기를 '하늘 아는 자손'이라고 보호한다. 특히 지장보살은 망자를 천도하는 바리데기 또는 무당의 성격과도 통하는 데가 있다. 팔봉사 모티프도 같은 맥락이다. 또한 문자 문화에 익숙한 우리에게는 낯선 이런 장황함도 구술성의 특징 중 하나이다. 반면 체계적이고 추상적인 것이 문자 문화의 특징이다.

열둘, 밭 갈고 빨래하고

어디만큼 가다가 몇 날 몇 달을 가서
한 곳을 당도하니 어떤 백발노인이
홀칭이1에다 소를 매 가지고 큰 밭을 갈고 있구나.
요새 말 할 것 같으면,
백여 마지기 되는 큰 밭을 갈고 있구나.
"할아버지, 백발노인 할아버지,
서천서역으로 가자면 어느 길로 가야 됩니까?"
저 노인이 하신 말씀이
"애야, 애야,
내가 이 너르나 너른 밭을 갈기도 바쁜데
너를 언제 서천서역 길까지 가르쳐 줄 시간이 있나?"
"할아버지,
그러면 그 밭을 내가 갈아 드리겠습니다."
"그래, 네가 이 밭을 갈아 주면
내가 서천서역 가는 길을 가르쳐 주마."
바리데기가 그 홀칭이와 소를 맡아서 밭을 가는데,
평소에 일도 안 하던 바리데기가,
홀칭이 맨 소로 밭고랑을 일궈서 목화를 간다고 하고,

1_ 홀칭이: '극젱이'의 방언. '극젱이'는 땅을 가는 데 쓰는 쟁기와 비슷한 농기구.

그 노장 할아버지는 저 양지쪽에 가서 담배 자시고 앉아 있고,

바리데기가 밭을 갈았더니 힘은 약하고

소는 힘이 세서 앞을 막 끌고,

소를 이기지도 못하고,

그 무거운 훌칭이를 이기지도 못해서

바리데기가 그럭저럭 길고 긴 한 고랑을 갈고 갔다

이쪽을 돌아서 오기가 막연하구나.

소는 코가 세서² 이리저리 끌고 내달리고,

무거운 훌칭이는 들고 자동치도 못하고³

발이 딱 붙을 지경이라.

바리데기가 기가 차서 서서 울고 있구나.

'이백여 마지기나 되는 밭을 언제 내가 갈고,

저 할아버지한테 서천서역 길을 물어 가겠나?'

바리데기가 울고 서 있으니,

갑자기 북쪽 하늘에서 오색구름이 모여들더니

갑자기 돌개바람이 홱 불더니마는

그 바람 속에 구름 속에 내려오는 어떠한,

바리데기가 보니,

소리를 냅다 지르고, 바람과 구름 속에 싸여 오는

무슨 왕 떼 같은 짐승들이⁴ 여러 수백 마리가 들이닥쳐 오

2_ 코가 세서: 남의 말을 잘 듣지 않고 고집이 셈을 뜻한다. 특히 말이나 소가 성질이 사나운
것을 가리킨다.

3_ 자동치도 못하고: 스스로 움직이지도 못하고.

는데,

바리데기가 몰래 앞에 가 서서 보니,

먼지를 날리고 말만 한 짐승들이 내리뛰어 오더니,

그 바리데기 맡아 갈아 준다 하는 그 밭을

확 지나갔다가 돌아서고 나니,

밭이 확 다 갈려 버렸구나.

그 짐승 무슨 짐승인고?

천상에서 두더지를 내려 보내서

땅을 입으로 다 뒤지도록 마련해 놓으니,

백 마지기 밭이 전부 다 갈려져 버렸구나.

할아버지가 가만히 이쪽 앉아서 보니

짐승들은 그 밭을 다 갈아 치우고 가 버리고

"할아버지, 밭은 다 갈아 놨습니다."

"그래, 그래, 그 밭 다 갈았으면, 내가 서천서역 길을 가르쳐
　　주마.

저 건너 저 높은 산을 넘어,

저 너른 들을 지나서 높은 산을 넘어가면,

거기 가면 서천서역 가는 길이 있다.

그리로 찾아 가거라."

그 말만 듣고,

그 너른 들판을 지나서 그 높은 산을 넘어서 가니,

4_ 왕 떼 같은 짐승들이: 떼로 몰려오는 모습을 '왕 떼 같다'고 표현했다.

또 길이 또 얼마나 넓고 산이 가로막히는데,

어느 길로 가는지 알 수가 있나.

거기 가다가 보니까,

어떠한 호호백발 할머니가 빨래를 두 통을 해 넣고 씻는데,

사람은 아무도 없고 할머니밖에 없으니,

거기 가서 인제 묻는다.

"할머니, 할머니,

서천서역 가자면 어디로 갑니까?"

"내가 이 빨래 씻기 바쁜데, 언제 길을 가르쳐 주겠나?

내 이 빨래 씻기가 바빠 못 가르쳐 준다."

"할머니, 할머니,

동지섣달 설한풍5_에 이 얼음을 깨서 빨래를 씻는데,

할머니가 손 시려 어찌 씻겠소.

내가 씻어 드리지요."

"그래, 그래, 네가 빨래만 씻어 주면,

내 몸 녹여서 너 길을 가르쳐 주마."

얼음을 깨서 빨래를 씻네.

"얘야, 빨래를 씻되, 저 검은 빨래를 희게 씻어야 되고,

이쪽 흰 빨래를 검은 색이 나게 씻어야 된다."

너무도 어렵고 너무도 어렵구나.

바리데기가 검은 빨래는 알뜰히 씻기니 희게 되는데

5_ 설한풍(雪寒風): 눈이 내릴 때 휘몰아치는 매서운 바람.

흰 빨래는 어떻게 검은 색이 나도록 씻나.

바리데기가 한 통 씻어 놓고,

아무리 씻어 봐도 빨래가 희게 되지 빨래가 검어지는 일이
　　있나.

온 흙과 이것저것 더러운 걸 묻히니,

그렇게 빨래가 검어지든가마는

그 정도로 고생을 하고 빨래를 얼마만큼 씻다가 보니,

얼마나 고생을 했든지 빨래가 거뭇거뭇한 색이 나는구나.

그때 바리데기가 빨래를 다 씻어 놓고

할머니 양지쪽에 졸고 있는데 보니,

온 머리와 온 옷에 이가 버글버글,

굵다란 이가 기고 있는데,

빨래를 다 씻어 놓고,

그 할머니 자는 데 가서 이를 전부 잡아 주는데,

머리에 있는 이도 잡고, 옷에도 버글버글,

이가 얼마나 기어 나오는지,

이를 다 잡아 주고 서캐까지 다 훑어내 잡아 주니

할머니는 시원해서 코를 골고 자고 있구나.

이를 다 잡아 주고 "할머니, 할머니" 깨우니까,

할머니가 기지개를 켜고 하품을 하고 일어나는구나.

"애야, 네가 이 빨래를 다 씻었구나."

"예, 할머니. 빨래도 다 씻고, 할머니 몸에 이를 다 잡고."

"그래, 그래, 기특하다.

서천서역 가는 길을 내가 가르쳐 주마.

저 높은 산을 서너 개 넘어가면, 거기 가면 길이 나타나는데,

삼거리 길이 나타나는데,

우측 길 보면 극락 가는 길이고,

좌측에는 지옥 가는 길이고,

이 복판 길에는 서천서역 가는 표목(標木)을 세워 놨는데,

네가 글을 배웠으니 그 표목을 보고 찾아가거라."

"예, 할머니. 너무 고맙고 너무 감사합니다."

거기서 하직하고 떠나가며 바리데기가 돌아보니,

할머니가 온데간데없이 흔적 없이 사라졌구나.

그 할머니는 어떠한 할머니인가?

천태산 마고할미6_가 바리데기 맘 떠보려고,

서천서역 고생이 되도 가나 안 가나 맘 떠보려고

그 할머니가 내려왔구나.

이 장은 밭 가는 노인, 마고할미 부분으로 나뉜다.

　　어떤 백발노인에게 서천서역 가는 길을 물으니, 밭을 대신
갈아 주면 길을 가르쳐 주마 한다. 바리데기가 힘들게 겨우겨우

6_ 마고할미: 구비 설화에 등장하는 여성 거인 신으로, 흙이나 돌을 옮겨 산이나 강을 만드는
　　창조신의 성격이 있다. 이 설화는 전국적인 분포를 보인다.

하고 진도가 안 나가자, 하늘에서 갑자기 오색구름과 돌개바람이 불더니 두더지들이 나타나 밭일을 순식간에 해치운다. 노인이 그제야 길을 가르쳐 주는데, 높은 산, 너른 들을 넘어야 한다고 한다.

또 가다가 백발 할머니를 만난다. 이번에는 빨래다. 얼음물에 손을 넣어 검은 빨래를 희게 하고, 더러운 걸 묻혀 흰 빨래를 검게 한다. 빨래를 끝내고는, 양지바른 데서 졸고 있는 할머니 몸에 붙은 이를 잡는다. 잠에서 깬 할머니가 높은 산을 넘으면 삼거리가 있는데 가운데가 서천 가는 길이라고 일러 준다. 그러고는 온데간데없이 사라진다.

이 모티프는 두 가지 의미가 있다. 하나는 바리데기의 진심을 떠본다는 것, 또 하나는 여기서 사용된 밭 갈고 빨래하기가 주로 전통 시대 여성의 노동이란 점이다. 서울본에는 보통 이 화소가 없는데, 바리데기의 여성성이 강조된 동해안본에는 이 노동 화소가 들어 있는 것이 일반적이다.

열셋, 천정배필

그렇게 바리데기가 한 곳을 당도하니
나무 표목이 서 있는데,
우측 길은 극락 가는 길이고, 좌측에는 지옥 가는 길이고,
복판 길에는 서천서역 약수탕을 가는 길이라.
그 글을 보고 바리데기가 찾아간다.
한 곳을 당도하니
큰 옥석바위 밑에 백발 노장 스님이 서서
"저기 가는 바리데기야,
칠공주야, 칠공주, 바리데기야, 바리데기야."
어디서 자기 이름을 부르거늘,
"예." 대답하고 그 산천을 바라보니,
큰 옥석바위 꼭대기에 서서 '바리데기' 하고 부른다.
"출천효녀 바리데기야,
네가 서천서역 약수 구하러 가는 길이구나."
"예, 내가 아버지 살리려고 약수 구하러 갑니다."
"그러면 서천서역 동대산 동대천의 동수자를 찾아가라.
동대산 동대천의 동수자를 가 만나야 약수를 구한다."
이러하더니 인목불견¹이 되고 온데간데없이 없어지네.
바리데기가 이 말 반기 듣고 한 곳을 당도하는데,
고생도 얼마나 했겠나.
고생고생하고, 몇날 며칠 몇 달 몇 년을 찾아갔더니

동대산을 당도하는데, 한 곳을 당도하니 그때 마침

동대산 동대천 동수자라 하는 수자[2]가 천상계 사람인데,

바리데기도 천상계 사람이지마는 동수자도 천상계 사람이라.

동수자는 천상에 득죄하고 인간 세상에 나왔는데,

삼십 년을 서천서역 약수탕에 약수 책임자로 있다가

인간 사회 칠공주를 만나서

아들 삼형제를 보게 되면 삼십 년 죄를 삭하여,

아들 하나 낳으면 십 년 죄 삭하고, 둘 낳으면 이십 년, 셋 낳
　　으면 삼십 년,

아들 삼태[3] 낳으면 삼십 년 죄를 삭하고 천상에 등천(登天)
　　한다.

그런 명령 받아서 서천서역 약수탕에 와 삼십 년을 고생하는데,

아직 삼 년을 더 고생하면 천상에다 죄를 삭하고 등천할 그
　　모양인데,

동수자가 하루는, 천상에서 와서 이르기를

"수자, 수자, 동수자야,

내일은 인간 세상에서 네 일생에 배필이 들어올 테니까,

그 배필을 만나 아들 삼형제만 보게 되면,

1_ 인목불견(人目不見): '사람의 눈에 보이지 않음'의 뜻. 원래는 '유목불견'(有目不見)이었던 것
　　이 구술에서는 흔히 '인목불견'으로 쓰이는 듯하다. 여기서는 백발 스님이 갑자기 눈앞에서
　　사라짐을 뜻한다.

2_ 수자(豎子): 더벅머리 총각.

3_ 삼태(三胎): 본래 뜻은 '한 태에서 세 아이를 낳음'이지만 여기서는 아들 세 명을 두는 것을
　　말한다.

삼십 년 죄를 삭하고 천상에 등천하리라."
동수자 거동 보소.
그 명령을 깊이 듣고 그날부터 기다린다.
그때 바리데기는
동대산 동대천 동수자를 만나야 약수를 구한다 하기로
한 곳을 당도하니,
'이 산이 동대산이고, 동대천의 동수자라 했는데,
이 산은 동대산이라 했는데, 동대천은 어디며 동수자는 누구냐?'
바리데기가 아무리 생각해도 동대산은 당도했나 싶은데,
동수자는 어디 가서 만나나?
길이 딱 한복판에 외길밖에 없는데,
그 산을 더듬더듬 찾아가니,
그때 마침 동수자는 천상에서 이르는 명령을 반가이 듣고
그날 종일토록 기다리는데
해는 설핏설핏 빠져 가는데, 인간 세상에서 배필이 들어온다고,
눈이 감기도록, 해가 설핏설핏 산천에 걸치는데,
어디서 인적기가 나더니만 엄두리 총각이 하나 오는구나.
그때 동수자는 정신없이 바라보는데,
인적기가 있으니 바리데기가 얼마나 반가운지
"여보시오, 여보시오.
동대산은 내가 글을 보니 이 산인데,
동대천은 어디고, 동수자를 어디 가야 만납니까?"
"예, 이 산이 동대산이고,
동대천은 내 사는 집이고,

동수자는 나올시다.

어찌 그렇게 찾습니까?"

"예, 나는 인간 사회에서 불라국 오구대왕 막내아들인데,

우리 아버님이 병중에 십오 년 동안을 고생하시는데,

내가 서천서역 와서 약수를 구해 가야

우리 아버님을 살린다 하옵기에 약수 구하려 하는데,

동대산 동대천 동수자를 만나야 약수를 구한다 하니까,

그래서 문의하는 바입니다."

"예, 그러면 나를 찾아온다는 그런 손님이니까,

내가 인접4-하지요. 내 뒤를 따르시오."

동수자는 앞을 서고 바리데기는 뒤서서 동대천을 찾아간다.

동대천을 찾아가니 동수자 사는 집이로구나.

사람은 아무도 없고, 동수자 혼자만 혼자 살고 있구나.

거기 가선 해가 설핏설핏 빠지니,

하루 종일 배도 곯고 오는 중이라,

얼마나 배도 고프고 시장하겠나.

그때 바리데기가 사방을 바라봐도 아무도 없고,

동수자 혼자 소슬히5- 살고 있네.

"여보시오, 불라국에서 온 총각,

낯선 곳에 와서 시장하고 배도 고플 텐데, 내가 밥을 지어 오

    지요."

4_ 인접(引接): 들어오게 하여 대접하다.

5_ 소슬히: 으스스하고 쓸쓸하게.

정지[6]에 가더니, 저녁 식사를 지어 턱 오는데,

반찬이라 해야 절과 한가진데, 산채밖에 없네.

맛있게 얼마나 잘해서 왔는지,

배고프던 차에 식사를 만족히 하고

물을 얼마나 먹었던지 오줌이 밤새도록 마렵네.

동수자가 하는 말이,

"어제, 오늘 오시 되면

인간 사회에서 내 백년 배필이 온다 그러더니,

이 뭐 나와 같은 엄두리 총각이 왔으니, 이거 참 희한한 일이다.

아무 꿈도 안 맞고, 뭐 아무것도 안 맞는구나."

동수자가 속으로 짜증이 나고 신경질이 나는구나.

이 장은 천정배필 동수자에 관한 이야기다.

　앞 장에서 할머니가 가르쳐 준 대로 길을 찾아가니, 노장
스님이 나타나 약수를 구하려면 서천서역 동대산 동대천의 동
수자를 찾아가라고 이른다. 동대산은 산 이름이고, 동대천은 개
천의 이름으로 동수자가 사는 곳, 동수자는 장차 바리데기의
배필이 될 자이다. 동수자 역시 천상계 사람으로 죄를 지어 약

6_ 정지: '부엌'의 방언.

수탕 책임자로 내려와 있다. 아들 삼형제를 낳으면 삼십 년 죄를 다 갚고 등천할 수 있다고 한다. 배필이 내일 온다는 계시에 잔뜩 들떠 있던 동수자는 총각이 찾아오자 짜증이 난다.

서울 지역에서는 배필의 이름이 흔히 무장승으로 나온다. 가장 오래된 배경재 구연본에는 무장승의 외양 묘사가 키, 얼굴, 눈, 발 외에 "코는 줄병[절편] 매달인 것 갓고/손은 소댕[솥뚜껑]만 허고"라고 되어 있고, 무장승이 사는 곳을 "동에는 청류리 쟝문이 서잇고/서에는 백류리 쟝문이 서잇고/남에는 홍류리 쟝문이 서잇고/북에는 흑류리 쟝문이 서잇고/한가운데는 정렬문이 서잇는데"라고 묘사했다.

열넷, 아들 형제를 낳다

그날 밤에 동수자가
"총각, 장기 둘 줄 압니까?"
"예, 장기 좀 배웠습니다."
아무리 장기를 둬도, 열 판이고 스무 판 둬도
바리데기에게 도저히 이길 수가 없다.
한 열 판 가량 지고 나더니 바둑을 또 놓자고 한다.
바둑을 놔 봐도 역시 바리데기에게,
아무래도 바리데기 수¹-에는 이길 수가 없는데,
산신령에게 배운 순데 오죽하겠나.
자야 밤중 되어 "자, 우리 잡시다."
동수자는 옷을 훌렁훌렁 벗고 속옷만 입고 척 눕는데,
참나무 장작을 때서 얼마나 방이 뜨거워 놨는지
"불라국에서 온 총각도 옷 벗고 마음대로 주무시오."
바리데기가 가만 생각하니,
옷을 벗으면 여자가 유통이 드러나고,
여자가 발각이 될까 싶어서,
"동수자님,
나는 우리 집에 있어도 옷을 벗으면 잠이 안 오기 때문에,

옷끈을 바짝바짝 졸라매고 잡니다."

허리끈을 바짝 졸라매고.

밤새도록 오줌은 얼마나 마려웠는지.

동수자 하는 말이 "여보시오, 총각.

여기는 산천에 범도 많고 온갖 짐승이 많기 때문에,

밖에 잘못 나가면 짐승에게 큰일 나니까,

대변은 모르지만 소변은 방에서 누도록 하시오.

짐승에게 잘못하면 큰 욕을 봅니다."

방에서 오줌을 누어도,

남자 같으면 그냥 앉아서 누고 꿇어앉아서 누고 서서 누지만,

여자가 되니 또 요강에 올라앉지 않으면 안 되는 법이라.

아무리 생각해도 여자 표시 안 내려고

바리데기가 걱정이 태산 같다.

바리데기가 배고픈 차에 짠 반찬과 물을 얼마나 먹었는지,

밤새도록 오줌 누러, 동수자는 한 번 누러 나가면,

그 동지섣달에 오줌 누러 몇 번을 다니는지.

바리데기가 그렇게 하다가 날이 후딱 새니,

동수자가 나가더니 아침을 주섬주섬,

식사를 걷어 오는구나.

서로 앉아 아침상을 맛있게 먹고,

"날이 샜으니 약수탕을 갑시다."

동수자가 하는 말이

"여보시오, 불라국에서 온 총각님.

불라국에서 오다가 보니 목욕도 안 하고,

몸도 물론 피곤할뿐더러,

몸에 때도 있고 먼지가 많이 앉았을 테니까.

약수탕 같은 데는 정신적으로 깨끗하게 해서 가야지

더러운 몸으로 가면 약수를 못 구하는 바입니다.

목욕을 하고 가야 하는데,

이 위에 가면 그 산에서 천장을 흘러나오는 약수 목욕이 있

　　습니다.

목욕탕에 가 목욕을 하고 몸을 깨끗이 씻어 버리고 갑시다."

이때 바리데기가 깜짝 놀라,

목욕을 하게 되면, 옷을 벗으면 여자가 드러나는데,

겉은 표시가 날 참이고 속은 큰일 났네.

"내가 옷을 벗으면 여자가 드러나는데, 이 일을 어쩌나."

그 눈치만 보며 벌벌, 낯빛은 뭔가 말은 안 해도,

동수자가 보니 틀림없이

'저 사람이 어찌 저렇게 깜짝 놀라나?'

동수자가 알 도리가 전혀 없다.

"여보시오, 바리데기 총각,

약수 목욕탕에 가면,

위 탕은 남탕이고 아래 탕에 여탕이 하나 있는데,

우리 둘이 똑같이 한 칸에 들어가는 게 아니라,

나는 위 탕 갈게, 당신은 아래 탕을 가시오.

이렇게 독탕(獨湯)이 있으니까,

서로 갈라서 아래 위 탕을 갑시다."

바리데기가 그 말을 듣더니 얼마나 좋은지,

그때야 여자 발각 안 난다 싶어서,
아래 탕이 거리가 워낙 떨어졌다 이 말 듣고 너무도 반가워
"예, 그렇게 합시다."
바리데기 희색이 만만하다.
목욕 가서 동수자는
옷을 훌렁훌렁 벗고 남탕에 뛰어 들어가고
바리데기는 아래 탕에 가서 옷을 벗다가도 중지하고
위 탕을 가만히 올려다보니까,
동수자는 옷을 벗고 물에 들어가
벌써 몸을 불리고 푹 담그고 있는데,
바리데기가 옷을 마저 돌아서서 다 벗으려 하니
운무가 쌀쌀, 구름 안개가 바리데기 선 목욕탕에 사르르르
　　껴 주는구나.
운무 속에서 옷을 다 벗고 바리데기가 물에 뛰어 들어갔다,
물에 들어가 몸을 이리저리 불리고 생각하니까,
'내 여기서 이 목욕만 하고 나가면,
깨끗한 몸으로 나가면, 우리 아버님 약수를 구해서,
어서 집으로 가 아버님을 살리겠구나.'
이 좋은 마음으로 몸을 이리저리 우르르 다 씻고,
동수자는 몸을 물에만 적셔 가지고 후닥닥 뛰어 나와서,
자기 옷을 입고 이쪽으로 돌아와,
바리데기 옷 벗어 놓은 걸 그냥 주섬주섬 걷어 가지고,
저쪽에 가서 서 있다.
바리데기가 목욕을 다 하고 나와 보니

옷이 간 데 없고, 안개 운무는 사르르 사그라졌다.

보니, 동수자가 옷을 안고 저 건너 바위에 가 앉아 있구나.

"수자, 수자, 동수자.

내 옷 주소. 내 옷 주소. 내 옷 주소. 내 옷 주소."

그때 동수자가

"예, 같은 남자끼리 뭐가 그래 미안스럽고 해서.

여기 와서 옷 입으소.

목욕 다 했거든 여기 와서 몸 말려 옷 입으소."

'아이고, 내가 남자가 아니고 처자 몸인데,

어디로 내가 옷 벗고 간다?'

"그러면 그렇지.

아무리 봐도, 어제 저녁에 봐도,

행동이 여자 손발이고, 말세2-고 옷맵시고,

아무리 봐도 처녀 같고 여잔데,

어찌 그렇게 당신이 나를 속입니까?"

"동수자님, 빨리 내 옷 주시오. 내 옷 주시오.

나는 그 옷 단벌뿐인데, 그 옷 없으면 오도 가도 못합니다."

"옷은 드리겠습니다만, 옷 주는 데 조건부기3- 있습니다."

"예, 무슨 조건입니까?"

"옷을 줄 때는 나하고 부부간의 약혼을 맺고,

2_ 말세: 말하는 기세나 태도.
3_ 조건부기(條件附記): 조건으로 붙는 것.

당신 사는 집에 다시 돌아가 결혼식을 올리면,
옷을 이 자리에서 줍니다."
바리데기 큰일 났네.
동수자 말 안 들으면 옷을 못 얻어 입을 테고,
듣자 하니 부부간이 되어야 될 터인데, 이 일을 어떡하나?
옷 안 입고는 안 되니까 구부려 엎어져서
"예, 옷 주시오. 내가 당신 약속대로 하겠습니다."
거기서 옷을 입고
"그럼 우리 서로 언약대로 집으로 돌아갑시다."
서로 손목잡고 동대천을 찾아와서 찬물 떠 놓고,
거기서 이제 예를 올린다.
서로 절 두어 번씩 하고, 거기서 부부간이 돼서
그날 밤에 잠을 자는데
내외간이 돼서, 전신에 할 행동 다 하고,
그날 저녁부터 태기가 있어 한 달 두 달 피를 모아
열 달이 되어 낳으니 큰 볼창⁴⁻ 아들이 분명하구나.
아들을 하나 낳으니 일 년이 지나갔네요.
바리데기가 기가 찬다.
그 어린 것 하나, 저걸 길러 놓고 어디로 가든지
어떻게 하든지 해야 할 터인데,
아들 하나 낳아 석 달 열흘 백 날 지나가니,

4_ 볼창: '불알'을 뜻하는 말로 짐작된다.

동수자 하는 말이

"여보시오, 바리데기 아가씨.

이젠 당신과 나와 부부간이 됐으니,

뭐가 겁나는 일 있고, 뭐가 세상에 나쁜 일이 있겠습니까.

아들 하나 더 낳으시오."

아들 셋을 낳아야 삼십 년 죄를 삭하는 바인데,

아들 하나 더 낳으라 하니까, 바리데기가 큰일 났다.

아들 하나 연년생으로 낳자 해도 삼 년이 걸려야 낳는데,

이 일을 어떡하면 좋은지.

여자가 남의 밤으로 가5_ 자식 낳는 것도 당연하고 할 일이
　　　지마는,

아버님 병세는 어느 정도 악화돼서,

생존하셨는지 사후로 떠나셨는지,

갑갑하여 못 견디겠네.

그럭저럭 일 년 지나고 삼 년 만에 떡 연년생을 낳다가 보니

삼 년 만에 아들 둘이 됐다.

또 석 달 열흘 백 일 지나서 달이 가고 달이 가니

"여보시오, 마누라."

아들 하나만 더 낳아 주라 하니,

부득한 경우 할 수 없고 헐 수 없네.

사 년 오 년 동안에 아들을 낳으니

<hr />

5_ 여자가 남의 밤으로 가: 문맥상 '여자가 남자에게 시집가서'의 뜻.

또 아들이라.
아들 셋을 낳고 나니

이 장에서는 바리데기와 동수자의 시합과 바리데기의 비밀과 득남 부분으로 나뉜다.

동수자는 처음에 바리데기를 총각이라 여기고 장기를 제안한다. 바둑을 둬도 바리데기에게는 이길 수가 없다. 밤에 자려고 누웠는데 뜨겁다고 옷을 벗고 자라는데, 여자임이 들통날까 봐 옷을 벗지도 못한다. 요강을 쓰라는데 그것도 같은 이유로 할 수가 없다. 다음엔 목욕탕이다. 바리데기가 여자가 아닌가 의심하던 동수자는 바리데기가 목욕을 하는 틈에 옷을 훔친다. 그러고는 혼인 약속을 받아 낸다. 동수자의 하나 더, 하나 더 요구에 바리데기는 아들 셋을 낳는다.

서울본에서는 무장승의 요구가 '물 3년 불 3년 나무 3년, 득남'으로 간단히 제시되는데, 동해안본에서는 훨씬 복잡하다. 동수자와 배필을 맺기까지 여러 차례의 시합 과정을 거친다. 무가의 주된 향유층인 여성의 요구를 반영한 것일 수도 있고, 오락거리가 많지 않아서일 수도 있다.

열다섯, 생명수 생명꽃

동수자가 이제는 약수탕을 가르쳐 주며
"여보시오, 여보시오,
이 애기 셋을 보더라도 약수탕을 가르쳐 주시오."
"예, 그럽시다.
오늘 낮 우리 약수탕을 찾아 나갑시다.
큰 애놈 집 있나?
그 약수탕이 얼마 안 되니까 약수탕을 찾아 갑시다."
큰 애놈을 놔 두고
작은 놈 셋째 놈을 두고 약수탕을 찾아가는데,
그 동대산, 그만큼 애기를 셋이나 낳도록 살았던
그 산천 그 끝을 못 가 봤네.
산천 끝을 찾아갔더니 동수자가 가리킨다.
"이 산 끝을 마저 내려가 보면
돌맹이 하나 비문이 서 있는데,
그 비문을 읽어 보면 알 도리가 있습니다.
아들 데리고 내가 집 보고 있을 테니까,
당신은 가 약수를 길어 오시오."
너무도 감사하고 고마워서
"당신은 애기를 데리고 집에 있으면
내가 약수를 구해 오겠습니다."
남편과 하직하고 그 산 끝을 마저 내려가니까

비문에 글을 써 놨는데 어떤 글이 써 있나?

그 비문 글자에 가라사대

'사지(死地) 생살문(生殺門)이요 요수(夭壽)하는 문'이라.

그 문을 열고 들어가려고 문을 왈칵 당기니

돌문이 탁 열리는데

좌우에 차사1_들이 우두나찰 마두나찰 우두마면,2_

차사들이 쇠방망이 둘러메고 바리데기를 치려고 왈칵 대든다.

"나는 불라국 대왕 일곱째 딸인데,

아무 죄도 지은 일 없고,

서천서역 약수 구하러 온 그 죄밖에 없습니다.

나를 어째 이렇게 조랑말처럼 죽이려 합니까."

우두마면 뒤로 주춤 물러서

"불라국에서 온 오구대왕 따님 칠공주 옳습니까?"

"예, 그렇습니다."

"예, 그러면 우리가 몰라봐서 잘못됐습니다.

이 약수탕 문에 아무나 들어오지도 못하고,

출천대효의 바리데기 아니면,

이 문을 열고 들어오지를 못합니다. 우리가 잘못했습니다.

1_ 차사(差使): 임금이 중요한 임무를 위하여 파견하던 임시 벼슬을 뜻하는데, 여기서는 '저승 차사'를 가리킨다.

2_ 우두나찰(牛頭羅刹) 마두나찰(馬頭羅刹) 우두마면(牛頭馬面): 우두나찰은 소머리 모양을 한 악한 귀신. 마두나찰은 말의 머리에 사람의 몸을 한 지옥의 옥졸. 우두마면은 소의 머리에 사람의 몸을 한 지옥의 옥졸과 말의 머리에 사람의 몸을 한 지옥의 옥졸.

그러나 이 먼먼 길을 어떻게 약수를 구하러 가겠습니까?

여기서 삼천 리를 가야 됩니다."

삼천 리면 우리나라 일주 정도 되는데,

바리데기가 거기까지 부모 효도 한다고 왔다가

멀단 말도 못하고,

"예, 삼천 리라도 사천 리라도 가겠습니다."

굴속이고 파도 속이고 산속이고 들 속이고 옥석바위 언덕 밑
　　이고,

잘못 발 디디면, 떨어지면 뼈도 살도 못 찾는 곳을,

그만큼 부모에게 효도하려고,

별 희한한 악한 곳을 다 지나가는구나.

가시밭과 온 데 칼날 같은 돌을 디뎌 가며 지나가는데,

그때 바리데기가 삼천리강산을 찾아들어

약수를 구하려고 한 곳을 당도하니

그곳이 서천서역 약수탕이로구나.

바리데기가 한 곳을 바라보니,

우편에 화초 소마 4~5리만큼 부치고,3_

좌편에 호죽대는 열네 절을 지키고 섰는데,4_

자부룩하니5_ 서 있구나.

3_ 우편에 화초~4~5리만큼 부치고: 화초밭의 오른편을 묘사한 것. '소마'는 인도에서 제사
　때 쓰던 술의 재료인 풀의 이름. '부치고'는 논밭을 이용해 농사를 짓는다는 뜻.
4_ 좌편에 호죽대는~지키고 섰는데: 화초밭의 왼편을 묘사한 것. '호죽'은 중국에서 나는 대
　나무.
5_ 자부룩하니: 까마득하게 높이.

그 안에서 화초밭을 지나서 그 안골[6]을 썩 들어가니,

큰 옥석바위가 허공중에 하늘 닿게 솟아 있는데,

그 끝을 보니, 천장에 거북 입이 새겨 있는데,

거북 입 속에서 물이 한 방울 한 방울 떨어지는

그게 약수라 바로.

그런데 석 달 열흘 백일 만에 한 방울이,

빗방울 떨어지듯이 한 방울 떨어지고,

그래 그 약수를 세 방울 받아 가야 되는데,

석 달 열흘 약수 떨어질 때나,

물이 생겨 떨어질 때나,

거기서 공을 들이는구나.

석 달 열흘 백일불공이라고,

약수는 어디다가 받나.

그 좌편에 바라보니

옥석바위 위에 조롱조롱 여러 가지 병이 있는데,

울긋불긋 붉은 대추병, 얼룩덜룩 거북병,

목 길다 황새병, 목 짧다 자라병.

거북병을 하나 주워서,

거북 입에서 뚝뚝 떨어지는 물을,

석 달 열흘, 석 달 열흘, 석 달 열흘, 삼삼 구, 일 삼은 삼,

구백삼십 날을, 옹골차게 행[7]을 들여서,

6_ 안골: 깊은 골짜기 또는 골짜기 안에 있는 마을.

물을 세 방울 받으니,

조그마한 병이 한 병이 꽉 차는구나.

그 병을 무엇으로 막나.

꽃밭에 보니까,

꽃 잎사귀에 글을 판 듯이 박아 났는데,

널찍한 불로초, 죽지 않는 불사약 잎이라,

글을 도장 박듯이 박아 났구나.

그 이파리를 서너 개 따서 똘똘 막아 병에다 꼭 막아 놓으니까,

불로초 잎을 뜯어서 약수 병을 막아.

꽃은 무슨 꽃이 있나.

붉은 꽃 푸른 꽃 노란 꽃 흰 꽃,

꽃 한두 송이 끊어 가지고,

천만다행 약수를 구했으니,

이제 걸음아 날 살려라고

허둥지둥 얼마 동안 길을 찾아 나오니,

갈 때 오던 길이 그만큼 고생을 시켜 바리데기 맘 다 떠봤으니,

이제 올 때는 길이

천 리가 백 리 되고, 백 리가 십 리 되고, 십 리가 오 리 되는
　　　정도로

빨리 돌아 나와지네요.

7_ 행(行): 승려나 수행자가 정해진 업을 닦는 일. 고행.

이 장은 서천서역 약수탕 이야기다.

　마침내 동수자가 약수탕 위치를 가르쳐 주는데, 동수자는 애들을 보고 집에 있겠다며 바리데기에게 동대산 끝을 찾아가라고 말한다. 그 끝에 가니 이런 비문이 하나 있다. '사지(死地) 생살문(生殺門)이요 요수(夭壽)하는 문', 즉 사지의 삶과 죽음을 가르는 문이요 요절하고 장수하는 문(門)이다. 그 문을 확 미니 좌우에 소나 말의 머리 모양을 한 저승 차사가 달려든다. 바리데기가 불라국 대왕의 일곱째 딸로 약수를 구하러 왔다고 하자, 또 삼천 리를 가라고 한다. 어렵게 약수탕에 당도하니, 이번에는 큰 바위 끝 천장에 새겨진 거북 입에서 백 일에 한 방울씩 약수가 떨어진다. 바리데기는 930일간 약수를 세 방울 받아 거북병에 담아서 불로초 잎으로 막고 꽃까지 꺾어 돌아온다. 갈 때는 멀고 험하던 길이 올 때는 빠르다.

열여섯, 유사강을 건너

동대천 동대산에 턱 와서, 동수자 사는 집에 와 보니,
집도 절도 간 곳 없고,
애기들 셋이, 꼭대기 큰 놈은 앉아서 울고,
둘째 놈은 온통 기름을 묻히고,
셋째 놈은 누워서 울고 있구나.
바리데기 기가 차서 큰 놈에게 묻는다.
"애야, 애야, 내 새끼야.
너희 아버지는 어디 갔나?"
저놈이 말을 하는데,
"'아버지가 꽃 끊어서 올게. 너희 셋이 놀아라' 하며
아버지가 저 공중으로, 꽃 끊어서 온다 하며,
공중으로 쫙 올라가 버려, 꽃 끊으러 간다고."
동수자는 아들 삼형제 낳았으니,
삼십 년 죄를 삭하고 천상에 등천하는구나.
바리데기는 아이들을 데리고 가려 하니 고생되고,
그러나 큰 놈은 걸리고, 둘째 놈은 안고, 어린 것 업고,
"할 수 없다. 어서 가자, 바삐 가자."
아버님 병 고치려고 약수하고 꽃을 끊어.
우담바라,1_ 꽃 이름은 우담바라화다.
오귀굿 하는 데는 놓으면 살쩨비 꽃이고,
절에 제하는 데 가면 우담바라화고.

어린 것들 셋을 데리고 덜렁덜렁 찾아 나오다가

옥석바위 꼭대기에 또 허연 노장 스님이,

바리데기 불러 길 가르쳐 주던 어른이,

"바리데기야, 바리데기야, 이리 가까이 오너라."

그 밑에 어불 하수가 있으니[2]

쪼그마한 책을 한 권 주는데,

"네가 가다 급한 일이 있거든,

이 책에 있는 경문[3]을, 진언[4]을 치면,

너 살 도리가 나선다."

책을 받아 들고 절을 하고 돌아서니

온데간데 흔적이 없구나.

그 어른 바로 관세음자재보살인데,

관음 법사님이 바리데기 추천하였으니,

어떠한 부처님이 옹위할 수가 있습니까?[5]

그 주는 엷은 책을 받아 품에 품고,

애기들 셋을 데리고 나오는데,

한 곳에 당도하니 큰 강이 앞을 가로 질렀구나.

큰 강이 있는데, 백만중[6] 유사강[7]이라.

1_ 우담바라: 불교에서 말하는 상상의 식물. 삼천 년에 한 번씩 꽃이 핀다고 한다.

2_ 그 밑에 어불 하수가 있으니: '어불 하수'는 미상.

3_ 경문(經文): 고사를 지내거나 푸닥거리를 할 때 외는 주문. 또는 불경의 문구.

4_ 진언(眞言): 다라니. 범문을 번역하지 않고 음 그대로 외는 일.

5_ 어떠한 부처님이 옹위할 수가 있습니까: 다른 부처님이 아닌 관음 법사님이 바리데기를 옹위해 준다는 뜻으로 추정된다.

6_ 백만중(百萬重): 백만 겹, 또는 '백만 개'라는 뜻.

백만중 유사강을 건너야 돌아오겠는데,

그 강을 건너려니 배가 없어 어이 하리오.

애기 셋 데리고 어찌 강을 건너가랴.

바리데기 강둑에 앉아 방성통곡, 애기 데리고 울고 있으니,

강에 난데없는 미륵선8-이, 포도선9-이 하나 떠오는데,

앞에는 포도선이고, 뒤에는 거북선이고,

그 뒤에는 반야선10-이 떠오네.

그 배에 부처님은 어느 부처님이 올랐는가?

법계주 청정법신 비로자나불11- 오르시고,

법계주 원만보신 노사나불12- 오르시고,

천백억화신 석가모니불13-이 오르시고,

7_ 유사강: '유사강'(流沙江)으로 볼 수도 있고, '유순강'(由旬江)의 와음으로 볼 수도 있다. 1유순이 약 400리라면, '백만중 유순강'은 '1,000,000×400리(4억리)나 되는 긴 강'이란 뜻.

8_ 미륵선: '미륵 또는 부처가 타는 배' 정도의 의미로 추정된다.

9_ 포도선: 무가에 종종 등장하는 배 이름.

10_ 반야선: 동해안 굿에서는 용선을 '반야선', '반야용선'이라고도 부른다. '용선'에 대해서는 이 책 117면 「용선가」 주석 참조.

11_ 청정법신(淸淨法身) 비로자나불(毘盧遮那佛): 청정법신은 비로자나불의 대표적인 수식어. 비로자나불은 삼신불 가운데 법신불에 해당한다. 삼신이란 부처의 몸이 중생을 제도하기 위해 여러 모습으로 나타남을 상징하는 말. 법신불은 만유의 본체를 형상화한 부처로서 진리를 상징한다.

12_ 원만보신(圓滿報身) 노사나불(盧舍那佛): 원만보신은 노사나불의 대표적인 수식어. 노사나불은 삼신불 가운데 보신불에 해당한다. 보신불은 보살이 오랫동안 고행을 거쳐서 된 부처인데, 아미타불을 보신불로 간주하는 전통이 따로 있다.

13_ 천백억화신(千百億化身) 석가모니불: 천백억화신은 석가모니불의 대표적인 수식어. 삼신불 가운데 응신불에 해당한다. 응신불은 법신불이나 보신불을 볼 수 없는 중생 제도를 위해 직접 현세에 나타난 부처. 여기서 차례로 언급한 비로자나불, 노사나불, 석가모니불은 부처의 대표적인 세 몸으로 설명된다.

동방의 약사유리광불,[14] 서방 극락도사 아미타불[15]이 오르고,

삼천부처 오십삼불[16] 다 올랐네요.

저 배가 주춤주춤 차차차차 강변에 턱 닿더니,

"저기 가는 바리데기,

어서 이 배 빨리 오르시오. 애기들 데리고 오르시오."

울다가 눈을 번쩍 떠 보니 배가 강변에 서 있구나.

'미안스러워 선가(船價) 없이, 돈 없이 어찌 오르나'

싶어 있으니, "우리는 천사의 명령 받아,

바리데기 아가씨 건져 주려고 왔으니,

조금도 지체 말고 어서 바삐 오르시오."

애기들 셋 데리고 그 배 오르니,

순풍이 건들 불어 돛을 치켜 달고 배가 떠나가는데,

14_ 약사유리광불(藥師琉璃光佛): 약사여래불. 중생의 질병을 치료하고 재앙을 소멸시키는 부처. 앞에 '동방'은 약사여래가 동방의 정유리 세계에 살기 때문에 붙인 말.

15_ 극락도사(極樂導師) 아미타불(阿彌陀佛): 극락도사는 아미타불의 대표적인 수식어. 아미타불은 서방 극락정토의 주인이 되는 부처. 아미타불의 신앙을 중심으로 성립된 것이 정토교다.

16_ 오십삼불(五十三佛): 아미타불의 스승인 세자재대왕 이전에 있었던 정광여래에서 처세여래에 이르기까지의 쉰셋의 부처. 53불에게 지극한 마음으로 예배하면 사중 오역죄가 사라진다는 믿음에서 사찰의 불조전에 흔히 오십삼불의 탱화가 봉안되어 있다.

안양암 대웅전 반야용선도

조선 후기, 면에 채색, 68.5×203cm, 서울특별시 종로구 안양암, 서울시 유형문화재 제188호.
극락정토에 왕생하는 무리를 용선(龍船)에 태우고, 인로왕보살과 관음보살이 배의 앞뒤에 서
서 극락으로 인도하는 장면이다. ⓒ 한국불교미술박물관

「용선가」^{17_}

용신님 모시는 고로 지성으로 배를 만들어^{18_}

유사강 백만중에 배 삼 척이 떠나온다.

저 배 이름 무엇인가, 삼계용선^{19_} 아니신가.

이물^{20_}에 닻줄 걸고 고물^{21_}에 용총^{22_} 걸어

17_ 「용선가」(龍船歌): '용선'은 동해안 세습무 집단이 굿을 할 때 사용하는 대나무와 종이로
   만든 배. 앞뒤에 용의 머리를 만들어 붙이고, 죽은 사람의 영혼이 이 배를 타고 저승 세계
   로 가는 것으로 이해한다. 김석출 구연본은 구술 및 채록 상태가 좋지 않아서 의미를 알
   수 없는 대목이 많은데, 그런 대목은 다른 각편과 대비하여 추정하였다.
18_ 지성으로 배를 만들어: 경상도 해안지역에서는 '배를 만드는 일'을 '배 모운다'라고 말한다.
19_ 삼계용선(三界龍船): '삼계'는 중생이 유전하는 미혹의 세계. 욕계, 색계, 무색계를 말한다.
20_ 이물: 배의 앞부분.
21_ 고물: 배의 뒷부분.
22_ 용총: 돛대에 매어 놓은 줄로, 돛을 올리거나 내리는 데 쓴다.

『법화경』(法華經)을 담뿍 싣고

저 배 짐대23_ 살펴보니, 마루24_ 용총 살펴보니,

강남서 나오시던 청당사 홍당사25_ 밧줄 매어 던져 놓고,

이물에 무상님은 문수보현 보살이 오르시오.26_

고물에 사공님은27_ 지장보살이 오르시오.

우편(右便)에 오른 임은 문수『지장경』28_ 다시고

오백나한29_이 오르시고,30_

선주 하여 오른 임은31_ 석가여래 오르시고,

인력들아 동력들아,

화장32_하여 오른 임은 바양노 금사부처,33_

23_ 짐대: 돛대.

24_ 마루: '용총'의 다른 이름.

25_ 청당사(靑唐絲) 홍당사(紅唐絲): '당사'는 중국에서 들여온 명주실.

26_ 이물에 무상님은 문수보현 보살이 오르시오: 무상은 방향을 조절하는 데 쓰는 노의 하나.
또는 주낙배에서 주낙을 바다에 부리고 당기는 일을 맡은 가장 노련한 선원을 가리키기
도 한다. '이물에 무상님은'은 배 앞머리에서 방향을 조절하는 무상의 소임은 (문수 보현보
살이 맡으시고)의 의미. 문수보현은 문수보살과 보현보살. 문수보살은 지혜의 칼과 연꽃을
들고 여래의 왼편에 있는 보살. 보현보살은 흰 코끼리를 타고 여래의 오른쪽에 있는 보살.
부처의 대표적인 두 제자.

27_ 고물에 사공님은: 배 뒷부분에서 사공의 소임은 (지장보살이 맡으시고).

28_ 『지장경』(地藏經): 우리나라 지장 신앙의 기본 경전으로 널리 신봉되었던 현세 이익적인 불
경. 지옥·아귀·축생·아수라·인간·천상의 육도 중생을 제도하여 해탈하게 하려는 지장
보살의 서원을 말한 경전.

29_ 오백나한: 석가 생존 시 500명의 제자 또는 석가의 열반 후 결집한 500명의 나한이나 비구
를 칭한다. 특별히 동아시아에서 신앙이 되었다.

30_ 우편에 오른~오백나한이 오르시고: 일반적으로 우편으로 관음대세지보살이 오르고, 좌
편으로는 관자재보살과 오백나한이 오른다고 되어 있는데, 여기에서는 좌편이 생략되어 있
고, 우편으로만 오백나한이 오르고 있다.

31_ 선주 하여 오른 임은: 선주(船主)가 되어 오른 분은.

발공도 주정이 보면[34]_

무량수[35]_ 연화대[36]_ 아미타불이 오르시고,

어열신[37]_ 금일 영가 영영영 마들[38]_

세상에 하신 공덕 이 용선에다가 모셔 두고

일체봉묘 하실 때,[39]_ 좌면에 저 황룡이 색도 난다.[40]_

오색구름을 방패하고, 육도 제 중생의 생명화를 끊어 들고,

칠보[41]_ 궁전 속을 오르시며 염불하고 내리시며 염불한다.

구비구비 법성[42]_왈, 모모이도[43]_ 송자[44]_로다.

닻 잡아라 닻 잡아라, 백만중에 닻 잡아라.

32_ 화장(火匠): '화장'은 배에서 밥 짓는 일을 맡아보는 선원. 또는 '금사부처'가 뒤에 이어지
는 것으로 보아 '화장'(化粧)의 의미일 수도 있다.

33_ 바양노 금사부처: '바양노'와 '화양노'는 지명 또는 절 이름으로 추정되며, '금사부처'는 금
빛으로 칠한 부처상을 뜻한다.

34_ 발공도 주정이 보면: 미상. 다른 각편의 표기가 다 달라 뜻을 알 수 없다. 「용선가」에는 특
히 그런 대목이 많다.

35_ 무량수(無量壽): 아미타불 및 그 국토 백성의 수명이 한량이 없음을 의미한다. 무량수불인
아미타여래를 모신 법당을 무량수전이라 한다.

36_ 연화대(蓮花臺): 불보살이 앉는 연화의 대좌로 극락세계에 있다. 저승에서 중생은 이승의
공과에 따라 구품으로 나뉜 연화대의 어딘가에 속하게 된다고 설명한다.

37_ 어열신: 혼을 부르는 소리.

38_ 영영영 마들: 미상. 이 대목은 다른 각편에서는 목련존자, 나반존자, 아난존자, 가산존자
등을 열거한 후에 실제 오구굿을 받는 영가의 주인을 거론한다.

39_ 일체봉묘 하실 때: 장례 절차 일체를 가리키는 듯하다.

40_ 좌면에 저 황룡이 색도 난다: 미상.

41_ 칠보(七寶): 불교에서 말하는 일곱 가지 보배. 금, 은, 유리 등이 거론되는데 경전마다 약간
씩 차이가 있다.

42_ 법성(法聲): 설법 또는 경전 읽는 소리.

43_ 모모이도: 미상.

44_ 송자: 미상. 법회의 절차 중 하나인 '頌子'일 수도 있다.

시왕 바람이 건들 불어[45]_ 보리수 계수나무 밧줄 매어 던져
   놓고,

와룡관[46]_을 숙여 쓰고 몸에 칠보 옷을 입혔으니,

가사 장삼에 법문을 외오시며 극락세계로 가나니라.

저기 가는 보살님, 어디까지 가시는고?[47]_

나도 그러니라, 부모형제 기구[48]_ 받아 처자권속 솜씨 받아

시왕이라 금수 못[49]_에 세경연화[50]_ 심었더니 물 주러 가느니라.

잘 간다 가지 말고 못 간다 서지 말고,

흘러가는 냉수처럼 쉬엄쉬엄 가옵소서.

수미산 저 고개를 넌지시 넘어가니

시왕이 여기요, 극락이 여기요,

법계주 청정법신 비로자나불 일체 부처님들,

하오넝청 인물등락 걸어서[51]_ 백만중 유사강을 어서 건너네.

바리데기, 불라국 오구대왕님 어서어서 찾아가

아버님 병환을 살리소서.

45_ 시왕 바람이 건들 불어: 시왕 세계 즉 저승 세계의 바람이 불어와서.
46_ 와룡관(臥龍冠): 가운데가 높고 세로로 골이 진, 말총으로 만든 관. 조선 시대 사대부들이
   평상시 집에 거처할 때 쓰던 관.
47_ 저기 가는~어디까지 가시는고: 용선을 타고 저승으로 가는 망자에게 묻는 말.
48_ 기구(祈求): 원하는 바가 실현되도록 빌고 바람.
49_ 금수 못(錦繡—): 수를 놓은 비단 같은 연못.
50_ 세경연화(細莖蓮花): 가는 줄기의 연꽃.
51_ 하오넝청 인물등락 걸어서: 미상. 이 대목은 각편이 표현도, 분량도 차이가 크다.

이 장은 바리데기의 귀환, 「용선가」 부분으로 나뉜다.

집에 와 보니 동수자는 하늘로 올라가고 집도 사라지고 애들만 남아 있다. 여기서는 동수자가 승천하는 데 반해, 서울본 무장승은 이 시점에 등천하지 않고 바리공주와 함께 돌아온다. 동해안본에서 바리데기는 약수와 살째비 꽃을 들고 애들과 함께 돌아오는데, 오는 길에 서천서역 길을 가르쳐 주던 그 노장 스님을 또 만나 급할 때 펴 보고 외라며 책을 한 권 받는다. 그 스님은 관세음보살이다. 돌아오는 길에 백만중 유사강을 마주하여 바리데기가 울고 있는데, 어디선가 온갖 부처를 실은 배가 떠온다. 「용선가」는 여기에 삽입된 가요다.

원문, 즉 채록본에 "용상가"라 되어 있는 것은 '용선가'(龍船歌)이다. '용선'은 동해안 세습무 집단이 굿을 할 때 사용하는 대나무와 종이로 만든 배이다. 앞뒤에 용의 머리를 만들어 붙이고, 죽은 사람의 영혼이 이 배를 타고 저승 세계로 가는 것으로 이해한다. 바리데기를 유사강 앞에서 태워 준 배도 동해안 굿에서 용선을 부르는 이름, 반야선이다.

열일곱, 대왕의 회생

그때 바리데기는 백만중 유사강 건너
강둑에 당도하여 어린것들 셋 데리고 내리자
"바리데기 아씨, 부디 편안히 가옵소서."
배가 내려 주고는 뒤영뒤영 떠나간다.
마늘만큼 보이다가, 별만큼 보이다가, 불티만큼 보이다가,
온데간데없이 먼 바다에 사라지고 없어지네.
바리데기 거동 보소.
'참 괴이한 일이로다.'
바리데기가 애기들 데리고 한 곳을 당도하니,
그때 마침 여러 농부들이 모를 심으며 하는 말이,
그중에 나이 많은 농부가 하는 말이,
모를 심으며 모심기 소리를 하는데,
"으늘늘 으늘늘 상상사디요, 얼럴 얼럴럴 상상상사디요.[1]
여러 농부네들, 말 들으소. 우리도 불라국 백성이 됐다가
내일 오구대왕님 돌아가셔서 큰 호상이 떠나가는데
우리도 백관이나 하러 갑시다.[2]

1_ 으늘늘 으늘늘~얼럴럴 상상상사디요: 모를 심거나 김을 맬 때 부르는 「농부가」의 후렴구.
「농부가」는 모든 지역에서 불리는 노동요지만, 전라도 지역의 「농부가」가 가장 많이 알려져
있고, "얼얼얼 상사디야 어여루 상사디야"는 그 사설의 후렴구.

2_ 우리도 백관이나 하러 갑시다: '백관'(白官)은 고인의 친척 중 복인(服人)을 뜻함. 또한 '백
관'(百官)은 일반적으로 '모든 벼슬아치'를 뜻하는 말인데, 여기서 '백관이나 하러 간다'는
것은 임금의 장례에 참석하자는 뜻으로 해석된다.

얼럴얼럴럴 상사디여, 얼럴럴 상사디여."

이렇게 한참 모심기 소리를 하며

"여보시오 농부네들,

우리가 이 논배미3_ 얼른 심어 놓고,

내일은 불라국 오구대왕님이 세상을 떠나서 상여가 나간다

　　　하니,

우리도 이 나라 백성으로 내일 백관이나 하러 갑시다."

그때 바리데기가 주춤하여 그 말을 듣고 섰구나.

한 농부가 하는 말이

"여보시오, 우리가 듣자 하니까,

불라국 오구대왕님은 아들 태자를 못 봐서 딸 여섯이 놓고,

일곱째만은 원을 세워 또 딸자식을 낳았는데, 바리데기라고,

십오 년 만에 갖다 내버린 딸이 살아와서 서천서역 가서

아버지 약수 구해다 살린다고 가더니, 삼 년 전에 가더니,

사방 약을 구하다가 흔적 없이 가 버리고 없고,

기다리다 기다리다, 그냥 사철을 토를 해서,4_

마당에 임시로 신체를 토를 해서 내내 신체를 모셔 놓고 있

　　　다가,

기다리다 못해서 이제 내일은 명산을 잡아서,

저 좋은 터를 잡아서 묘를 쓴다고, 호상 상여가 떠나간답니다.

3_ 논배미: 논두렁으로 둘러싸인 논의 각 구역.

4_ 사철을 토를 해서: '사철'은 네 계절, 1년 내내를 뜻하고, '토를 한다'는 것은 임시로 무덤을
　　만든다는 뜻으로 추정된다.

어서 우리가 오늘 이 모를 마쳐 놓고,

호상 떠나가는데 술도 많이 하고

음식도 많이 하고 고기도 많이 장만했다 하니,

술도 먹고 백관질도 하고, 우리가 얼른 구경하러 갑시다."

바리데기가 이 말을 듣고

"여보시오, 농부님네, 그 말이 확실합니까?"

"예, 틀림없습니다. 우리도 얼른 모를 심어 놓고,

내일은 호상 떠나는데 구경하러 갑시다."

그때 바리데기가 그 말을 듣고 기가 차서 천지가 안 보이고

"이 일을 어떡하면 좋으냐."

애기를 이리저리 흩어 버리고

"너 갈 데로 가라" 하고,

거기서 아직 길이 약 백여 길 정도가 남았으니,

산길 들길이 되니 얼마나 멀겠나.

해는 빠져 일몰이 되려는데

애기들은 이리저리 그냥 너 갈 데로 가라고 다 밀어 버리고

바리데기가 천방지방5_ 달려간다.

산을 넘고 들을 건너 골을 넘어서,

이리저리 엎어지며 자빠지며,

온 옷은 전부 갈래갈래 다 흩어지고,

바리데기가 밤사이에 그 길로

5_ 천방지방(天方地方): 천방지축. 허둥지둥하는 모양.

얼마나 높은 재를 넘어 산길을 넘어서

엎어지며 자빠지며 당도했더니

밤새도록 걸어서 동방화촉 밝아져 날이 새어 해가 돋아 올라
　　오니,

그때 오구대왕님은 호상이 떠나려고 상여를 한참 차리는데,

바깥마당에 내어놓고 상여를 차린다.

대곡에 입관하고 소곡에 절관하여6_

소방상7_ 대뜰 위에 덩그렇게 올려놓아

스르스이 상대공 스르스이,8_ 상여를 차리는데

동쪽에는 청봉이요, 남쪽에 적봉이요, 서쪽에 백봉이요,

북방에 흑봉이요, 중앙에 황봉이라.9_

좌우에 용틀임10_을 얹어 놓고

그 옆에 국화 물림11_ 좌우로 걸어 놓고,

백공단을 청천에 띄우고

6_ 대곡(大哭)에 입관(入棺)하고 소곡(小哭)에 절관(節棺)하여: '대곡'은 장례 중 상주가 큰 소
리로 우는 것. '입관'은 시신을 대렴포로 싸고 묶어서 관에 안치하는 것. '소곡'은 '대곡'에
운을 맞춰 만든 말로 추정. '절관'은 입관 후 관을 기름 먹인 종이로 싸고, 백지를 왼쪽으로
꼬아 만든 노끈이나 백지로 감은 새끼 한 가닥으로 묶는 것.

7_ 소방상(小方牀): 대여(大輿: 국상 때 사용하는 큰 상여)에서 재궁(梓宮: 임금의 관)을 올려놓
는 자리.

8_ 스르스이 상대공 스르스이: 미상. 상여 소리인 듯하다.

9_ 동쪽에는 청봉이요～중앙에 황봉이라: 상여 몸틀의 위쪽 네 모서리에 있는 나무로 조각된
봉황 머리를 묘사하는 것으로 추정된다. 보통 네 귀에 하나씩 총 넷이 있으나 다섯인 경우
도 있다.

10_ 용틀임: 용의 모양을 틀어 새긴 장식.

11_ 국화 물림: '국화 색으로 물들인 것'이란 뜻인 듯하다.

남색을 손으로 떠 청천에 띄워 놓고[12]

용틀임 위에 봉두[13] 각시 세워 놓고

상여가 떠나가는데

여러 만조 제신들이 다 모여서 백관이 되고,

큰사위 백말 타고, 둘째 사위 흑마 타고, 셋째 사위 황마 타고,

넷째 사위 붉은 말 타고, 다섯째 사위 청마 타고, 여섯째 사
　　위는 적말 타고,

사위 여섯은 말을 전부 타고 나오고,

길대부인 대비마마는 흰 덩[14]을 타고 나오고,

딸 여섯은 백가마를 모두 타고 나오는데,

상여를 밀고 메고 떠나간다.

이때는 상여 소리 상여 장면입니다.

"으르르릉 내가 피린가 흐흥흥흥 나나 아 피리는 흥 떠나간
　　다 떠나간다.

오구대왕이 떠나간다. 이제 가면 언제 오시나요.

금강산 상상봉(上上峯)이 평지가 되거든 오시나요.

동해 바다 깊은 물이 육지가 되거든 오시나요.

라라라라 흥 내가 릴릴라 흐흐흥 불쌍하고도 가련하다.

12_ 백공단을 청천에~청천에 띄워 놓고: 상여의 앙장(仰帳)을 묘사한다. 앙장은 상여의 몸체
　　를 가리는 최상단부의 차양으로 부운(浮雲)을 상징하여 주로 흰색 천을 사용하며, 사방 변
　　은 청색 천을 사용하되 반원형으로 늘어뜨린다.
13_ 봉두(鳳頭): 봉황의 머리 모양으로 만든 장식물.
14_ 덩: 공주나 옹주가 타던 가마.

오구대왕이 불쌍하네.

동풍 눈이 불면 서쪽으로 지고요, 남풍이 불면 북쪽으로 흩
　　어지고,

북풍 하늘 찬바람 속에 등불이 앞을 가려 길 못 가겠네.

흐홍흐홍 홍그리는처 르르홍.[15]

이렇게 천천히 느리게 떠나가는데,

바리데기 거동 보소.

호수에 떠나가는 만조백관이 자오록하고[16]

여러 수만 명이 나와 서서 백관들이 되어 있구나.

그때 바리데기,

"여보 님들, 아주 가면 영 가시는데

호상 거기 좀 머물러 주소."

거기 머무르라고 아우성을 치고 달려드니,

사위 여섯이

"조상이 떠나가는 데 앞에 잡인이 있거든 금하고

계집년이고 무엇이고 무조건 앞길을 건너가거든

목을 치고 몸에 지닌 걸 뺏어라."

사위는 '딱 갖다 바쳐라' 명령을 했는데

누구 영이라고 어길까요.

그때 높은 사람이 죽으면,

15_ 흐홍흐홍 홍그리는처 르르홍: 선소리꾼이 흔드는 요령 소리를 표현한 듯하다.

16_ 자오록하고: 연기나 안개 따위가 잔뜩 끼어 흐릿하고 고요한 느낌이 있음을 말한다.

앞에 칼을 들고 희광이[17]가,

호상 앞에 오 리만큼 십 리만큼 먼저 나가 잡인을 금하는

희광이가 앞에 칼을 들고 칼춤을 추는데

바리데기를 딱 보더니

"잡인을 금한다 했으니, 천한 몸의 계집년이

이 길이 어느 길이라고 길을 건너냐."

희광이가 목을 치려고 칼을 들고

소리를 벽력같이 지르고 이리저리 뛸 때

바리데기는 그런 꼬락서니 평생에 안 봤으니

무섭기도 하고 겁이 난다.

칼을 휘휘 돌려 바리데기 앞으로 껑충껑충 뛰고

이리 뛰고 저리 넘고 이러니, 바리데기가

몸에 지닌 걸 모두 일절 내라 하니 약수밖에 없고,

아버지 공력이 없어지고,[18]

풀 꺾어 오던 그것 뺏겨도 안 되고,

바리데기는 아우성을 치고

"나는 우리 아버님 살리려고 약수 구해 오는 죄밖에 없습니다."

이때에 바리데기가 칼 안 맞으려고 앞으로 팍삭 엎어지니

관음보살 주던 염불 책이 탁 앞가슴에서 튀어나온다.

17_ 희광이: '희광'은 죄인의 목을 베는 사형집행인 '망나니'를 뜻한다. 또한 '희광'는 탈놀이
   에서 얼굴에 검은 칠을 하고 패랭이를 쓰고 칼을 들고 나오는 인물이기도 하다.
18_ 아버지 공력(功力)이 없어지고: 약수와 꽃을 빼앗기면 바리데기가 아버지를 위해 정성을
   드리고 고생한 보람이 없어진다는 뜻.

바리데기 천상계 사람인데,

어디 그 책을 여기서 보겠습니까마는,

한숨에 그 진언을 다 읽으니

칼 들었던 희광이가,

칼자루가 뚝뚝뚝 부러져 동가리가 나고

하늘에 천둥이 치더니 벼락이 때려

희광이를 그 자리에 순금 덩어리로 만들어 버리는구나.

그렇게 그 길을 피해서 상여 앞으로 오며,

"우리 아버님 상여입니다. 거기 조금 머물러 주시오."

손사래를 치니,

가는 상여 발이 딱 붙어 발자국이 움직이지를 못하는구나.

사위 여섯은 아우성을 치고,

상여를 뚫어 떠나가자고 소리를 치고,

아무리 말채찍을 들고 친들

말 발과 가마꾼들은 땅에 발이 붙어 버리고,

발이 붙어 버렸는데 어떻게 장사 지내러 간다는 말이오.

그때에 바리데기가 아버님 상여 앞에 와서,

상여 방틀19-을 잡고

"아버지, 아버지, 내가 하루만 늦게 왔으면

아버지 뼈도 못 보고 사체도 못 보고,

19_ 방틀: 나무를 같은 길이로 잘라서 '井' 자 모양으로 둘러 짠 틀. 여기서는 상여 하부의 방
틀을 말한다.

땅속에 들어가 버리면 다시 파내지도 못하고,

조금만 늦어도 아버님을 못 볼 뻔했습니다.

우리 아버님의 상여를 방향을 돌려 주시오."

바리데기 말 떨어지자마자 상여 발이 떨어져서

상여 방틀이 빙 돌더니마는 궁 안으로 번개같이 들어가는구나.

궁 안으로 들어가서,

만조백관 병조판서 한림학사

여러 대신들 모두, 신하들을 불러서

"아버님 호상을 좀 세워 주고,

이 곽을 좀 열어 주시오."

상여를 이리저리 막아 치더니마는

곽을 열어 천판[20]_을,

칠공주도 어엿한 공준데 공주 명령을 어길 소냐.

곽을 열고 보니,

아버님 사오 년 만에 뼈가 있는 대로 앙상해졌네.

바리데기가 전하의 은대야 물을 떠다 놓고 하는 말이,

하늘에다 은 소반 받쳐 놓고 빈다.

"아버님, 아버님,

불초(不肖) 소아(小兒) 서천서역국 가서 약수를 구해 왔으니,

아버지가 원도 한도 없도록,

이 약수를 신체라도 한 모금 뿌리고,

....

20_ 천판(天板): 관의 뚜껑이 되는 널.

130

뼈에라도 이 약수를 뿌려 드리겠습니다.

아버님, 고이고이 잠드소서."

바리데기가 몸에 지녔던 약수를 내어 판에 받치고

몸에 지녔던 꽃을 들고

아버지 관 뚜껑을 밀어내고 뼈를 쓰다듬는다.

뼈를 꽃으로 좌우로 쓰다듬어 뼈가 덜컥 덜컥 갖다 붙는데

뼈가 붙기 시작한 후에 두 번째 살쩨비 꽃으로 쓰다듬으니

"아버님, 이 꽃은 살살이 꽃이올시다." 쓰다듬으니

옛날과 같은 살이 구름 위에 뜨듯이 뭉게뭉게 살아나는구나.

세 번째 푸른 꽃들은 피가 살아나서 핏줄기 서는 꽃이올시다.

그 꽃은 쓰다듬으면 핏줄이 서니,

거미줄같이 사방이 주렁주렁 늘어지니

푸른 꽃을 쓰다듬으며

"아버지, 아버지 살 살아서 이 모두 더러운 걸

전부 다 소멸시키는 꽃이올시다."

아버지가 그때 이제

신체가 전부 살아 있는 듯이 가만 누워 있다.

약수를 마개를 떼더니 한 방울 입에다 떨어뜨리니,

삼백육십 골절마다 뼛골 맞은 핏줄에

전부 약수가 싹 사방을 통과시키는구나.

두 방울 떨어뜨림에 온 피가 전부 피가 되어

세 방울 떨어뜨리니 아버님 숨 터지는 소리가

대명천지(大明天地) 저 한바다[21]에 파도치는 소리처럼,

태백산 깊은 골에 벼락 치는 소리가 쾅 나더니

아버님 숨이 덜컥 터져서

그냥 한걸음에 벌떡 일어나 앉는구나.

만조백관들이 여러 수만 명이 모여 있으니,

"오늘 내 생일이냐? 무슨 회의가 큰 회의가 있었나?

궁 안에 경사가 있었나? 이거 무슨 일로

어찌 경들이 다 모여 있느냐?"

그때 병조판서 한림학사가,

바리데기가 와서 한 얘기를 죽 하나하나 하니,

병조판서 한림학사 벼루를 내다 놓고

그 두루마리 종이를 꺼내서 하나하나 서신을,

바리데기 고생하던 일을,

빨래 씻던 얘기를, 동수자 만나 애기 낳던 얘기며,

나무열매 따먹던 말이며,

가다가 짐승 만나 고생하던 얘기며, 온갖 얘기를 다 하니,

한림학사가 하나하나 받아써서,

"아버님, 깨어나신 아버님, 그게 하나하나 맞습니다."

그리고 오구대왕 전에 말씀 다 드리니,

"아, 내가 한 사나흘 잠자고 깨어난 줄로만 알았더니만,

우리 딸 바리데기 덕택에 내가 살아났구나.

애야, 애야, 내 딸이냐, 어디 보자 내 딸이야."

21_ 한바다: 매우 깊고 넓은 바다.

이 장은 대왕의 상여, 언니들의 방해, 대왕의 회생 부분으로 이루어져 있다.

바리데기가 세 아들을 데리고 유사강을 다 건너니, 농부들이 모심기를 하며 내일 오구대왕 상여 나가는데 참석하자 한다. 이 말을 들은 바리데기는 농부에게 자초지종을 듣는다. 약수를 기다리다가 죽어서 임시로 묻었다가 이제 정말 상여가 나간다는 말을 듣고 바리데기는 자식들도 내팽개치고 옷이 다 찢어지도록 재를 넘고 산길을 지나 당도한다. 상여 소리에는 여러 가지가 있는데, 「바리데기」에서는 주로 운상(運喪) 중에 부르는 운상 소리 부분을 상여 소리로 표현했다.

'언니들의 방해'는 곧 '형부들의 방해'이다. 갖가지 색의 말을 탄 대왕의 사위들이 상여의 진행을 막는 것은 무엇이든 목을 치라 한다. 이에 희광이가 바리데기 앞을 가로막다가 바리데기의 진언에 천둥 벼락을 맞고 금덩어리로 변한다. 바리데기가 자기 아버지 상여라고 말하자 상여가 발이 붙어 꼼짝을 안 한다. 조금만 늦었어도 아버지를 못 볼 뻔했다며 상여를 궁으로 돌리라 하자 상여가 움직이기 시작한다.

바리데기가 대왕의 은대야를 받쳐 놓고 하늘에 빈다. 약수와 꽃으로 뼈만 남은 오구대왕을 쓰다듬으니, 뼈에 살이 붙고 피가 돌고 숨이 터진다. 병조판서가 바리데기의 고생담을 다 적어서 아뢰자, 대왕은 사나흘 자고 깨어난 줄 알았더니 그게 다 바리데기의 덕이구나 하며 딸을 부른다.

열여덟, 신들의 좌정

그때 바리데기는 아버님 앞에 꿇어앉아서
"아버님이여" 눈물을 뚝뚝,
"애야, 이런 좋은 경사에 네가 울다니 웬 말이냐?"
"아버지여, 나는 아버님 명령 없이 시집을 가서
자식을 셋이나 낳았으니……."
"여자가 남의 가문에 가서 자식 낳는 게 본능인데,
그 아들들은 어디 있단 말이냐?"
"오다가 논길 밭길 어디로 다 흩어졌나 모르겠습니다."
대왕님이 그 말을 듣더니마는
나졸들을 시키고 병조판서 모든 대신 시켜서
찾아가서 그 애기들 셋을 모셔 오라고 명령하니,
누구 영이라 거역할까요.
명패를 가지고 찾아가니,
해는 뉘엿뉘엿 지는데
애기가 모두 논길 밭길 처박혀 울고,
온 입과 눈에 흙이 다 들어갔으니 그걸 전부 씻기고 닦고
애기 맡아 있던 사람은 큰 벼슬과 상을 주고
애기들을 데려다가 외손자라고 할아버지 안고 할머니 업고
좋은 경사 일에 애 붙잡고 얼씨구절씨구,
그때 외손자라도 데리고 연회를 여는데,
딸 여섯은 아버지가 살아났다 하니,

막내딸이 약수 구해 아버지 살렸다 하니,

어디로 간 듯 흔적이 없고

사위 여섯도 다 도망갔고,

그때 바리데기가 여러 만조 대신들을 불러서

"우리 형 여섯을 찾아 들이고,

사위 여섯이, 우리 형부 여섯 분을 다 모셔 들이시오.

여우 살을 떼어 소 살에 붙이고 개 살을 떼어 말 살에 붙이

    겠소.[1]

미워도 내 형제, 고와도 내 형제,

전부 우리 어머님 아버님 몸을 빌려 났는데,

전부 내 형젠데, 다 찾아 들이시오."

딸 여섯도, 사위 여섯도 살려서,

대왕님과 바리데기는 전부 좋은 경사 노래를 부르는데,

"얼씨구절씨구, 지화자 좋은 님,

손자 손녀 내 손주야,

너를 고이고이 길러 외손봉사는 못하겠나.

어화둥둥 내 손자야,

얼씨구 둥둥 내 딸이야, 절씨구 내 딸이야.

십오 년 전에 죽으라고 갖다 버렸던 내 딸이야.

1_ 여우 살을~살에 붙이겠소: 정확한 뜻은 미상이나, 문맥상 형부를 포함한 형제는 미워도
고와도 헤어질 수 없는 가족이란 뜻. 속담에 '말 살에 쇠 살'은 합당하지 않은 말로 지껄인
다는 뜻. '말 살에 쇠 뼈다귀'는 피차간에 아무 관련성이 없이 얼토당토않다는 뜻. 형부들은
피가 섞이지 않은 남이기에 한 말인 듯하다.

네가 살아 서천서역 가서 약수를 구해다가

아버님을 살린 일, 이런 경사가 또 있느냐.

어화둥둥 내 딸이야.

얼씨구 내 딸이야, 절씨구 내 딸이야."

이렇게 경사 노래를 짓더니마는

그때 바리데기는 시왕전에 모아들며[2]

오구대왕 길대부인은 다 모아드실까요.

오구대왕님과 길대부인은 천상에

견우직녀 운명으로 칠월 칠석 날인 하루,

일 년 한 번씩 만나는 견우직녀 영감 할머니가 되고,

바리데기 칠형제는 북두칠성을 마련하고

북두칠성 별 위에는 맨 끝에 것,

별 하나 뚝 떨어져 있는 그 별이 바로 바리데기 넋이고,

아들 삼형제는 삼태성을 마련하고,

사위 여섯은 밤중에 조모성이 별을 마련하는데,

조모성은 어디 마련했나.

사위 여섯은 오구대왕이 빨리 죽고 나면 서로 옥당 맡겠다고
        하고,

입 맞대어 서로 오곤조곤[3] 수군수군

그것 때문에 조모성은 한데 모이고,[4]

2_ 모아들며: '모아들다'는 '여럿이 한곳으로 많이 모여들다'의 뜻.
3_ 오곤조곤: 서로 정답게 지내는 모양.

자기 자리 붙어 있는 데는 그리 마다하고,[5]

이 바리데기가 오구대왕이 부친인데

'그릇 오' 자 '귀신 귀' 자 그릇 죽은 귀신들은

오구풀이를 해서[6] 왕생극락 세계에 모두 인도하여

차는낭 차가 중에도 이맹랑 이가 중에도[7]

한가태평구공년[8]

집안 제족들과 소원 성취하자고 이 매년 천도하여[9]

바리데기 풀이하여 왕생극락 보냅니다.

이 장은 가족들의 화해와 신들의 좌정 부분이다.

바리데기는 아버지 승낙도 없이 혼인해서 아들 셋을 두었

4_ 사위 여섯은~한데 모이고: "사위 여섯은"부터 몇 행 아래까지는 사위 여섯이 어떤 별이 되
었나를 설명하는 대목인데, 같은 말을 반복하고 있다. 요지는 사위 여섯이 장인의 재물과
지위를 탐내어 작당했기 때문에 별이 되어서도 서로 모여 수군거린다는 말이다.

5_ 자기 자리~그리 마다하고: 점지 받은 자기 별자리를 마다한다는 뜻인데, 주체가 사위인지
바리데기인지 명확하지 않다. 서울 지역에서 흔히 바리데기는 오구대왕이 준다는 나라의 절
반을 거절했다는 말이 있다.

6_ 오구풀이를 해서: 「바리데기」 무가를 일명 「오구풀이」라고 한다.

7_ 차는낭 차가~이가 중에도: 미상. 차가는 '車家', 이가는 '李家'일 수도 있다.

8_ 한가태평구공년: '閑暇太平久空年'으로 추정. 한가하고 태평한 시절이 오래 지속되어 굿을
벌일 일이 없다는 뜻.

9_ 이 매년(每年) 천도(薦度)하여: 또는 원문대로 '이맹년 천도하여'로 보면 이 굿의 망자 이름
이 '이맹년'일 수도 있다.

다고 용서를 빌고, 아버지는 잃어버린 외손자들을 찾아오라 명하고 외손자들을 데리고 있던 사람들에게 상을 내린다. 아버지의 자리를 탐내던 딸과 사위들도 바리데기가 용서하자 하여 살려 주기로 한다. 그리고 외손봉사 못 하겠냐며 경사 노래를 부른다.

'신들의 좌정'은 각편마다 약간씩 다르다. 이 구연본에서는 오구대왕 부부는 견우직녀가 되고, 바리데기 칠 형제는 북두칠성이 되고, 아들 삼형제는 삼태성이 되고, 사위 여섯은 조모성이 되고, 바리데기는 오구풀이 하여 망자의 왕생극락을 비는 신이 된다. 문덕순 구연본의 경우 무장승은 산신제를 받고, 비리공덕 할아비는 초상집에서 노제를 받고, 비리공덕 할미는 지노귀새남 굿에서 별비를 받고, 바리공주 일곱 아들(문덕순 구연본에서는 바리데기가 일곱 아들을 둔다)은 저승 시왕이 되도록 점지했다. 바리데기는 나라도 싫고 재산도 싫다고 대왕의 제안을 거절한다.

해설

종교/문학, 구술/문자, 고전/현대의 경계에 선 여성 신/영웅의 서사

1.

먼저 알아 두어야 할 것은 서사무가 「바리데기」가 '굿판에서 불리는 이야기 노래'이며 '구술 전승과 문자 기록의 경계'에 있는 텍스트라는 점이다. 대부분의 현대 한국인에게, 특히 도시민에게, 서사무가가 구연되는 굿판과 구술은 번역이 필요한 낯선 이국의 문화와 같다. 이 때문에 「바리데기」 텍스트의 전승 및 향유 방식이 갖는 독특함에 대한 이해가 먼저 필요하다.

서사무가는 무당이 부르는 이야기 노래로, 한국 신화의 보고로 간주된다. 서사무가는 종교 텍스트이면서 문학 텍스트이다. '서사(敍事)/무가(巫歌)'는 무당이 주관하는 굿의 일부란 점에서 종교 의례에 속하고, 그 내용이 어떤 인물을 주인공으로 한 사건의 전개를 다룬다는 점에서 서사문학으로 분류된다. 1970년대에 구비문학 연구가 본격화되면서 서사무가의 채록과 연구도 활발해졌다. 채록된 무가 사설에는 무가 전공자들, 심지어 무가를 구연한 무당들 자신도 설명이 난감한 대목들이 종종 있다. '무속'과 '방언'과 '구술'의 세계는 획일화되고 표준화된 단어들로 이루어져 있지 않다. 그래서 때로 낯설고 몹시 모호하다.

'무속'(巫俗) 혹은 '무교'(巫敎)라고 칭하는 문화는 한반도 내에 불교나 유교보다 훨씬 더 오래전부터 존재했고 20세기까지도 한국 민속에서 큰 비중을 차지하고 있었다. 무가도 매우 이른 시기부터 한반도에 존재했다고 추정할 수 있다. 흔히 부여의 영고, 고구려의 동맹 같은 부족국가 시대 제천의식에서 그 기원을 찾는데, 기본 성격은 국가의 안녕과 풍작을 기원하는 일종의 '나라굿'으로 파악하는 것이 일반적이다. '나라무당'이라 할 만한 사람이 그런 국중 대회에서 오늘날 서사무가와 같은 본풀이 구조의 건국서사시를 구연했으며, 그 흔적이 『삼국사기』, 『삼국유사』 등에 실린 건국신화에 남아 있다는 것이다.

굿과 무가가 20세기에 보고된 것과 같은 형태를 이룬 것이 언제부터인지는 알 수 없다. 관련 기록이 많지 않아서 그 시기를 오래전으로 소급하지는 못하지만, 최소한 18세기 말에는 오늘날 굿의 형태와 무가 사설이 거의 정착되었으리라 파악된다.

「바리데기」가 실제로 구연되는 굿판에 대한 설명도 필요할 것 같다. 굿에도 종류가 다양한데, 목적에 따라 기복(祈福), 치병(治病), 사령(死靈), 무신(巫神)을 위한 의례로 구분할 수 있다. 마을 단위의 별신굿이나 풍어굿, 가정 단위의 성주굿 등이 기복 의례라면, 죽은 사람의 넋을 위로할 목적으로 이루어지는 굿이 사령 의례이다. 지역에 따라 서울의 진오기, 호남의 씻김굿, 강원과 영남의 오구굿, 함경도의 망묵, 제주도의 시왕맞이 등으로 불린다. 「바리데기」가 구연되는 현장이 바로 이러한 사령 의례, 즉 넋굿이다.

이처럼 서사무가 「바리데기」는 넋굿의 일부로 구연되는 만큼 이 텍스트의 성격을 이해할 때 종교성은 매우 중요한 부분이다. 실제로 넋굿이 행해지는 현장에서, 적어도 망자의 가족들에게 「바리데기」 텍스트가 갖는 주술성과 신성성은 거의 절대적이다. 하지만 굿판에 참여한 사람들 가운데 일반 청중에게는 「바리데기」 텍스트가 갖는 문학적, 오락적 성격이 보다 크게 작용할 수 있다. 조선 시대에 다양한 기록문학에서 소외되었던 하층민, 특히 여성들에게, 굿판에서 구연되는 「바리데기」 텍스트는 종교의 영역을 넘어 흥미 있는 문학이었다. 무속이라는 전승 배경을 떠나서는 「바리데기」를 온전히 이해할 수 없지만, 동시에 그것이 문학 텍스트이기도 하다는 점 역시 간과해서는 안된다.

또한 서사무가 「바리데기」는 문자 기록과 구술 전승의 경계에 있다. 오래 전부터 굿판에서 무당의 구연을 통해 구비 전승되어 오다가, 20세기 이후 한글로 채록되면서 문자 전승이 함께 이루어지기 시작했다. 말을 글로 옮겼다는 것은 단지 무가 자료를 보존·전승하기 쉬워짐을 뜻하지 않는다. 말과 글은 본질적으로 달라서, 구연되는 무가를 충실하게 받아 적었다 해도 구술 텍스트와 문자 텍스트 사이에는 불가피한 차이가 존재한다.

「바리데기」 텍스트는 별도의 전집이 나올 만큼 채록된 각편의 수가 많다. 소개된 각편만 90편이 넘는다. 현장 연구를 중시하는 열성적인 연구자들이 21세기에 들어서도 실제 굿의 현장에서 무가 채록을 계속하고 있다. 그런데 계속되는 현장 연구로 인해 각편의 수가 증가하는 것에 비하면, 이미 보고된 자료를 제대로 주석하고 번역하여 자료의 활용 가치를 높이는 작업에는 소홀한 편이다. 21세기 한국의 도시인에게 굿과 무가는 이

질성이 큰 텍스트, 소통을 위한 번역이 절실한 고전이다.

이 책에서 선택한 각편은 문학성이 확대된 동해안 지역 경북 영일에서 1976년 김석출 무당이 구연한 「베리데기굿」이다. 「바리데기」는 제주도를 제외한 한반도 전역에서 전승되는 무가이다. 「바리데기」의 내용은 지역에 따라 차이가 있는데, 통상 네 권역으로 나누는 방식이 받아들여지고 있다. 서울·경기를 중심으로 한 중부 지역, 강원도와 경상남북도의 동해안과 남해안 일대를 포함하는 동해안 지역, 함흥을 비롯한 관북 지역, 충청도와 전라도를 포함한 호남 지역이 그것이다.

김석출 구연본은 서사무가 채록 및 연구가 본격화되는 1970년대에 채록한 텍스트다. 바리공주 무가 가운데 가장 오래된 현존본으로 알려져 있는 것은 1937년 경기 오산 지역의 배경재 구연본이다. 김석출은 화랭이로 더 유명하지만, 1970년대 상황을 고려하면 꼭 그렇지만도 않다. 1970년대는 무업(巫業)이 그리 분화되지도 않았고, 텔레비전 문화가 시골구석까지 전파되지도 않았으며, 무가 채록이 학술적으로 시작되는 시기이기도 하다. 또한 서울 지역본인 바리공주와 동해안 지역본 바리데기는 이 시기 이전에 갈린 것으로 보인다.

구술 텍스트는 방언과 채록이라는 특성으로 인해 의미가 명확하지 않은 대목이 매우 많다. 그러한 부분의 주석은 다른 각편들과의 비교를 통해 발음과 뜻을 추론하는 식으로 진행하였다. 산업화가 본격화된 1970년대 이후는 '무속'과 '방언' 양 측면에서 모두 전통과의 단절이 가속화되는 시기라 할 수 있다. 현재까지 보고된 「바리데기」 각편이 90여 편에 달하지만, 비교적 이른 시기의 자료에 주목하는 것은 그 때문이다.

2.

「바리데기」 무가는 텍스트 안팎에서 '이승과 저승의 경계'를 넘나든다. 넋굿에서 불리던 무가인 만큼 「바리데기」는 서사 자체가 삶과 죽음에 대한 문제의식을 담고 있다. 아버지를 살리기 위해 떠난 바리의 구약 여행은 바로 그 문제에 대한 답을 구하는 과정이다. 바리는 황천강을 건너며 영가(靈駕)들에게 길을 안내하고, 가엾은 영혼들을 위해 지옥의 문을 열고 불을 밝혔다.

지옥 여행과 망자 천도의 화소는 죽음에 대한 무속 세계의 보편적 인식을 반영하면서 바리의 저승신적 성격을 보다 강조하는데, 이러한 경향은 서울본에서 특히 두드러진다. 여주인공이 서울본 결말에서는 '수륙재(水陸齋)를 받는 인도국왕 보살'이되었다고 한 반면, 동해안 지역 각편들에서 흔히 북두칠성 같은 별이 되었다고 하는 것도 그러한 차이에 기인할 것이다.

「바리데기」 서사에서 주인공이 맡았던 소임은 바로 이승을 떠난 망자들을 저승의 좋은 곳으로 인도해 주는 무당의 역할이기도 하다. 무속의 세계에서 무당은 죽음의 문제에 대해 가장 절실하게 답을 구하는 존재이며, 산 자의 세계와 죽은 자의 세계를 연결해 주는 중계자다. 넋굿이 진행되는 동안 무당은 망자의 천도를 도와줄 저승신을 청하고, 망자를 잡아갈 사자나 시왕을 호위하는 신장들을 대접하기도 하며, 망자의 말을 유족에게 전달하고, 망자의 영혼이 무사히 저승으로 갈 수 있도록 인도한다.「바리데기」텍스트에서 무당은 바리데기가 되고 바리데기는 무당이 되어, 이승과 저승의 경계, 현실과 허구의 경계를 넘나든다.

또한 서사무가「바리데기」는 '가부장적 문명의 안과 밖'에 있다. 전통 사회에서 굿판은 가부장적 지배 질서의 논리를 재생산하는 교육의 장이면서, 동시에 현실의 지배 논리가 전복될 수 있는 서사 공간이었다. 가부장적 질서가 공고화된 중세 문명 속에서, 서사무가는 굿판에 참여한 여성들에게 여성이 남성에게 종속된 존재라는 가부장적 논리를 가르치고, 그 결과 여성들을 부당한 현실에 순응하게 만드는 기능을 수행했다. 그러나 동시에 여성이 가진 근원적인 힘에 대한 긍정적 시선으로, 지배 논리를 뒤집은 전혀 새로운 세상에 대한 상상이 가능하게 한 문학적·종교적 공간이기도 했다.

무속과 여성의 친연성으로 인해, 서사무가에는 유독 여성을 주인공으로 한 이야기가 많다. 서사무가는 기본적으로 신의 내력을 풀이하는 이야기 노래라는 점에서 주인공은 모두 결말에서 신으로 좌정하게 되지만, 여기에 등장하는 여주인공들의 행적은 많은 경우 전통 사회의 보편적인 인간 여성의 삶과 문제의식을 대변한다. 조금 과장하면, 그것은 굿판에 참여하는 여성들의 집단 무의식이 서사무가 속에 투영된 결과라고 말할 수 있다.

「바리데기」서사에도 굿판에 참여하는 대다수 청중인 전통 사회의 여성들이 공감할 만한 그들 자신의 삶이 녹아 있다. 우선 딸이라는 이유만으로 버림받는 바리데기의 존재는 가부장적 문명 속에서 여성의 지위를 상징한다. '기아'(棄兒)는 영웅의 일생을 다루는 서사문학에서 빠지지 않는 주요한 모티프로서, 주인공이 출생에서 소년기를 거쳐 영웅적 모험을 하는 성년기에 이르기 위한 준비 과정으로서의 의미를 갖는다. 이것은 「바리데기」에서도 마찬가지지만, 여기서 기아 모티프는 통과의례적 의미 이외에도 '여성'이라는 생득적 신분에 대한 문제를 제기한다. 즉 「바리데기」 서사에서는 여자라는 조건만이 기아의 원인이 되고 있는데, 이것은 견고한 가부장적 질서에서 여성의 실존적 상황을 반영한 것으로 간주된다. 즉 바리데기는 '가부장제 사회의 여성'이라는 전형성을 띤다고 말할 수 있다.

　「바리데기」 서사에서 주인공의 여성으로서의 전형성과 그에 대한 문제의식은 구약 여행 가운데 '혼인 및 출산'과 '노동을 통한 시험' 화소로써 구체화된다. 즉 구약 여행의 긴 여정에서 바리데기가 겪는 시련의 구체적인 내용과 오로지 인내하고 희생하는 자세는 전통 사회 여성들의 보편적인 삶을 대변한다고 해석할 수 있다. 서천으로 가는 길에서 바리데기가 감내해야 했던 밭매기, 풀뽑기, 방아찧기, 베짜기, 빨래하기는 전통 사회에서의 여성 노동을 대변한다. 무장승 또는 동수자라 불리는 서천의 문지기가 요구했던 '물 3년, 불 3년, 나무 3년'은 할머니들이 자신들의 삶을 빗대어 말하는 '정지살이' 그것이다. 15세에 길을 떠난 바리데기가 자식을 둔 여인이 되어 돌아온다는 설정 또한 전통 사회 여성들의 전형적인 삶의 궤적과 일치한다. 굿판에 참여한 여성들에게 바리데기 이야기는 바로 자신의 이야기였을 것이다. 이처럼 주인공의 여성으로서의 전형성은 서울본에서보다 동해안 지역 전승에서 훨씬 잘 드러난다.

주인공 바리데기가 자신을 버린 아버지와 아버지의 나라를 구한 결말을 두고, 이것이 가부장적 질서의 회복인가, 새로운 질서의 창조인가에 대한 해석의 차이가 크다. 바리데기는 생명수를 구하기 위해 온갖 시련을 감내했지만 그 결과가 불라국을 소생시키는 데 기여했으니, 결국 아버지 나라의 질서에 철저하게 복종하고 협조한 공모자에 불과하다고 해석해야 할까? 아니면 바리데기가 나라의 반을 떼어 준다는 오구대왕의 제안을 사양하고 저승 세계를 관장하는 신이 되었으니, 새로운 세계의 주인이 되었다고 평가해야 할까?

무가치하다고 여겨서 버린 딸이 아버지와 이 세계에 다시 생명을 불어넣었다는 설정은 여성의 정체성에 대한 긍정적이고 희망적인 해석을 가능하게 한다. 오구대왕의 죽음과 불라국의 쇠망은 결국 부계 혈통 중심의 가부장적 질서의 모순이 극에 달했음을 의미한다. 그리고 그 모순을 해결할 수 있는 것은 오직 버려진 딸 바리데기라고 했다.

바리데기가 불쌍한 영혼들을 저승길로 인도하고 죽은 아버지를 되살릴 수 있었던 힘은 생사여탈권을 쥔 원시 대모신의 권능과 상통하는 데가 있다. 저승신과 무조신으로서의 바리데기 이야기가 무당의 지위가 한껏 높았던 원시·고대의 기억을 전승한 것이라면, 가부장적 사회에서의 보편적인 여성의 삶에 대한 문제의식을 담은 바리데기 이야기는 남성에 대한 여성의 종속성이 고착된 중세문명에 대한 비판적 인식을 반영한 것으로 볼 수 있다.

「바리데기」 서사는 주인공이 시련과 고통에 직면하면서 내면의 신성을 깨닫고 발현해 가는 과정을 그린다는 점에서, 한국 무속신화의 보편성을 잘 보여 준다. 「바리데기」 서사에서 주인공은 평범한 여성이면서 영웅이고 신이다. 딸이라는 이유만으로 버려진 바리데기는 가부장적 사회에서 존재 가치가 폄하된 '여성' 일반을 대변한다. 딸이 무가치하다는 가부장적 시선을 뒤집고 자신의 존재 가치를 입증해 낸 바리데기는 여성들의 '영웅'이다. 그리고 생명수 탐색의 임무를 완수한 바리데기는 죽어 가는 세상에 새 생명을 불어넣는 '신'이 되었다. 바리데기가 깨달아 가는 내면의 신성이란, 원시 대모신성에 근원한 여성적 가치와 힘이다. 「바리데기」 서사는 그렇게 가부장적 문명의 안과 밖을 서성이고 있다.

3.

잊지 말아야 할 것은 「바리데기」가 '다양한 기원의 적층 문학'이란 점이다. 현재 우리에게 익숙한 「바리데기」 서사는 언제 어떻게 형성되었을까? 구전 전승과 무가의 특성상 그 기원이 매우 오래전이었으리라 짐작은 하지만, 20세기 이전의 기록은 찾을 수 없으니 추론하기도 쉽지 않다. 서사의 소재적 기원은 텍스트의 장르적 기원과는 물론 다르다. 장르적 기원은 「바리데기」 텍스트가 굿판에서 이야기되던 신화, 즉 서사무가라는 점, 그리고 '영웅의 일생' 형식을 따르는 한국 서사문학의 강한 전통 속에 있다는 점을 고려해야 할 것이다.

소재적 기원은, 자생적인 발생이든 타 문화의 전파든, 아마도 이질적인 여러 갈래에서 비롯되었을 것이다. 「바리데기」 서사의 핵심 모티프와 문제의식을 공유하는 외국 설화와의 비교가 그동안 꾸준히 시도되었는데, 유사성을 강조하다 보면 중요한 차이를 간과하는 경향이 없지 않았다. 하지만 신화 비교 연구는 시도 자체로도 의미가 있다. 「바리데기」 텍스트가 갖는 신화로서의 세계적 보편성이 그런 비교를 통해 보다 잘 드러날 수 있기 때문이다.

이 가운데 유·불 문명권에 퍼져 있는 지장보살과 관음보살 이야기와의 비교를 간단히 살펴보면, 「바리데기」 서사와 지장보살 전생 이야기는 '죽음'의 문제가 '효'와 '여성'을 통해 해결되는 것으로 설정되었다는 점에서 공통적이다. 또한 관음보살 전생 이야기를 소재로 한 중국의 「묘선」 설화는 전체적인 서사 전개 면에서 보다 유사해 보인다. 향산 대비탑의 묘선 설화는 지장보살 전생담과 비교하면, 대체로 부녀의 갈등과 딸의 희생이 더욱 부각되어 있다. 불경의 관음보살 전생담은 묘선 설화와 다르고, 이를 소재로 한 묘선 설화도 이본에 따른 차이가 적지 않다.

또한 기억해야 할 것은 「바리데기」는 고전이면서 21세기에도 계속 향유되는 현대물이란 점이다. 「바리데기」는 민속학, 구비문학, 비교신화학, 종교학, 교육학, 페미니즘, 현대 예술 등 여러 분야에서 관심을 갖는 텍스트이다. 「바리데기」는 더 이상 서사무가라는 '옛것'으로서의 고전에 한정되지 않고, 국어 교과서에 수록되고 21세기 문화 콘텐츠 사업이 주목하는 원천 콘텐츠로서 '고전'이 되었다.

그렇다면 「바리데기」 서사는 20세기 후반에 어떠한 사회적 맥락 속에서 한국의 대표적인 고전으로 자리매김할 수 있었을까? 1980년대까지만 해도 제목조차 널리 알려지지 않았던 무당의 노래 「바리데기」가 불과 20~30년 만에 한국을 대표하는 신화로서 고전의 지위를 확고하게 얻었다는 사실은 분명 주목할 만한 현상이다.

「바리데기」 무가가 고전화되는 사회적 맥락 가운데 첫 번째는, 1970~1980년대 사회 전반에 불었던 한국적 '전통'에 대한 관심이다. 광복 이후 한동안은 한국의 문화적 전통이 갖는 독자성과 가치를 선양하는 일대 국가적 기획이 광범위하게 수행되는 시기였다. 정부에서도 여러 구체적인 방침을 내놓았고, 이는 학계와 문화 예술계 전반에 큰 영향을 미쳐 민속 현지 조사, 무형문화재, 국악 등에 대한 정부의 제도적 지원이 활발히 이루어졌다. 정부의 제도적 지원 때문이 아니라도, 학계와 연극 등 예술계를 비롯한 사회 전반에서 '한국적인 것'에 대한 관심은 분명히 1970년대의 일반적인 현상이었다.

「바리데기」 무가는 내용과 형식 면에서 '민족'과 '민중'이라는 두 키워드를 이미 충족하고 있었다. 조선 시대는 물론 20세기 전반까지도, 굿판에서 불리는 무당의 노래에 대한 당대인의 평가와 그 문학적 혹은 문화적 위상은 이른바 고전이나 정전과는 매우 거리가 먼 것이었다. 그런데 바리데기 신화에 내재한 민족적·민중적 가치들이 1970~1980년대 한국 사회의 관심과 맞아떨어지면서, 계승하고 재창조할 만한 전통으로 재평가되기 시작했다. 수 세기 동안 무가치하다고 천대받던 굿판의 이야기가 20세기 후반에 이르러 '한국을 대표하는 신화'라는 위상을 향해 일대 도약을 시작한 것이다.

「바리데기」가 고전의 지위를 얻는 과정에서 주목해야 할 두 번째 맥락은 1980~1990년대 페미니즘의 유행이다. 학계 안팎에서 페미니즘에 대한 관심이 확산되던 이 시기에, 「바리데기」 서사에 대한 페미니즘 독해와 재창작이 다각도로 시도되었다. 그것은 「바리데기」에 내재한 또 다른 가치를 '발견'해 가는 과정이었다.

「바리데기」 텍스트는 '여성에 의한 문학'이란 측면에서도 페미니즘 문학 연구에 중요한 단서를 제공했다. 그것은 「바리데기」가 바로 여성 중심의 문화인 무속의 신화라는 사실에서 기인하는데, 이 점에 주목하여 「바리데기」 신화는 내용 면에서나 형식 면에서나 대표적인 고전 여성 문학으로 자리매김되었다. 문학적 측면에서의 여성 중심적인 부분은 앞에서 설명한 바이다.

「바리데기」의 고전으로서의 지위를 확고하게 하면서 새로운 지평을 열게 되는 또 다른 계기는 국어 교과서 수록과 문화 콘텐츠 산업의 흥기이다. 한국적 문화 전통에 대한 학계의 성과와 페미니즘의 사회적 확산을 바탕으로, 제7차 교육과정 개편에서 「바리데기」 신화가 국어 교과서에 수록되었다. 교과서 수록은 「바리데기」 텍스트의 가치에 대한 인정인 동시에 고전으로서의 위상을 더욱 강화하는 계기가 되었다.

또한 21세기 초 문화 콘텐츠 산업이 흥기하는 가운데 「바리데기」 서사가 다양한 콘텐츠로 활발하게 제작되면서 대중적으로 폭넓게 수용되고 있다. 「바리데기」 서사를 원천으로 하여 연극과 뮤지컬, 발레, 창작 판소리 등의 공연 콘텐츠, 동화와 소설 등의 출판 콘텐츠, TV드라마와 애니메이션, 게임 같은 영상 콘텐츠로 다양하게 재창작되었다.

최하층인 무당이 부르고 일반 백성이 향유했던 「바리데기」 서사가 20세기 후반에 대표적인 한국 신화로 재평가된 현상은 하나의 텍스트가 한 사회의 가치 있는 고전으로 재구성되는 과정을 잘 보여 준다. 그것은 「바리데기」 신화에 내재한 어떠한 요소가 특정한 사회적·문화적 배경 속에서 가치 있는 것으로 재발견되고 재해석되는 과정이었다. 여기에 새로운 세기를 시작하는 시점이라는 시대적 특수성도 한몫했을 것이다. 이 신화는 병든 아버지의 왕국에 새 생명을 불어넣을 자가 바로 버려진 딸과 같은 소외되고 힘없는 존재라고 이야기한다. 그것은 과거 문명에 대한 진단이면서 동시에 다가올 미래에 대한 비전이기도 하다.

찾아보기

찾아보기